벗이 어둠을...

2021. 가을. 박수경

우리가 서로에게 구원이었을 때

우리가 서로에게 구원이었을 때

1판 1쇄 인쇄 2021. 10. 08.
1판 1쇄 발행 2021. 10. 20.

지은이 박주경

발행인 고세규
편집 강지혜 디자인 조은아 마케팅 김새로미 홍보 반재서
발행처 김영사
등록 1979년 5월 17일 (제406-2003-036호)
주소 경기도 파주시 문발로 197(문발동) 우편번호 10881
전화 마케팅부 031)955-3100, 편집부 031)955-3200 | 팩스 031)955-3111

값은 뒤표지에 있습니다.
ISBN 978-89-349-8023-0 03810

홈페이지 www.gimmyoung.com   블로그 blog.naver.com/gybook
인스타그램 instagram.com/gimmyoung 이메일 bestbook@gimmyoung.com

좋은 독자가 좋은 책을 만듭니다.
김영사는 독자 여러분의 의견에 항상 귀 기울이고 있습니다.

우리가 서로에게 구원이었을 때

박주경 에세이

고난에도
무너지지
않는
사람들

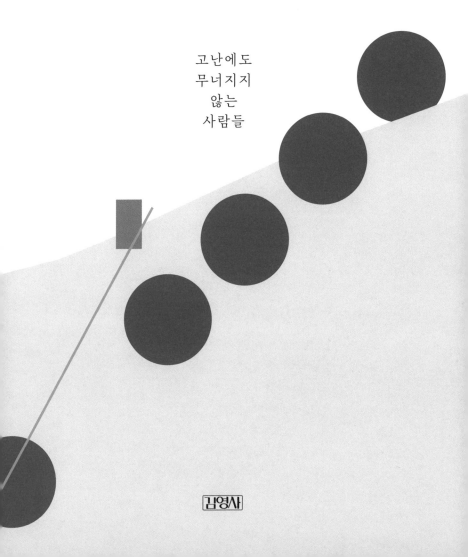

김영사

긴 터널의 끝을 보지 못하고
돌아가신 나의 아버지께
이 책을 바칩니다.

들어가며

    실화를 바탕으로 한 영화 〈127시간〉을 보면 '살고자 하는' 인간의 의지가 얼마나 강하고 초인적인지를 절감할 수 있다. 주인공은 미국의 한 협곡에서 홀로 트레킹을 즐기다 실수로 좁은 암벽 틈새에서 미끄러지는데, 이때 함께 굴러떨어진 바윗돌에 한쪽 팔이 끼이면서 옴짝달싹하지 못하게 된다. 그 상태로 보내게 되는 시간이 장장 '127시간'이다. 아무런 구조의 손길이 닿지 않고 바위틈에 낀 몸은 탈진해서 한계 상황에 이르자, 마침내 주인공이 살고자 내린 결단은 '절단'이었다. 그는 가지고 있던 등산용 칼로 바위에 낀 자신의 팔을 스스로 자른 뒤 사지死地에서 빠져나온다. 마치 꼬리를 자르고 위기에서 탈출하는 도마뱀처럼……

생명은 그토록 질기고 절대적이며 다른 모든 가치를 압도한다. 그렇게 죽음의 협곡을 빠져나온 주인공이 처음 만난 여행객에게 잘린 팔을 내보이며 구조를 요청하던 장면. 충격적이고 끔찍한 몰골의 낯선 사내를 아무런 주저함 없이 돕던 선량한 손길들. 그 마지막 장면은 끝내 눈물을 자아내게 한다. 휴머니즘. 살려는 자와 살리려는 자 양쪽 모두를 관통하는 그 숭고한 가치가 보는 이들의 심금을 울리는 것이다.

코로나 팬데믹이 극심하던 2020년 12월, 미국 텍사스의 한 병원에서는 방호복을 입은 채로 감염자를 껴안고 있는 어느 의료진의 사진이 보도를 탔다. 감염자는 백발이 성성한 할아버지였고 가족이 보고 싶다며 울고 있었다. 그 환자를 껴안아 달래던 사람은 해당 병원의 센터장 조지프 버론으로, 코로나19가 발생한 이후 9개월간 휴일 없이 진료에 매달려온 터라 그 자신도 행색이 거지꼴이나 다름없었다. 그렇게 남루하고 지친 두 사람이 서로를 껴안아 온기를 나누던 모습. 거기에도 진한 휴머니즘이 흐르고 있었다. 살려는 자와 살리려는 자, 양쪽을 하나로 잇는 절대 이념.

비슷한 풍경이 2021년 8월 한국에서도 목격되었다. 삼육서울병원에서 일하던 스물아홉 살 이수련 간호사는 아흔셋의 코로나 확진자 박모 할머니와 사이좋게 마주 앉아 화투를 치고 있었다. 그녀 역시 방호복과 고글로 꽁꽁 무장한 채로. 무더위 속에 본인도 지치고 힘들었을 텐데 오랜 투병에 시달려온 치매 노인 환자를 위해 기꺼이 화투패를 집어든 것이다. 그 한 장의 사진이, 폭염과 역병에 지쳐 있던 국민들의 마음을 달랜 것은 당연지사였고 그 감동의 근저에도 휴머니즘이 깔려 있다. 휴머니즘은 이렇듯 당사자뿐 아니라 지켜보는 목격자들에게도 작은 '구원'의 손길이 된다.

이 책은 그에 관한 이야기이다. 살려는 사람과 살리려는 사람들. 안아주는 마음과 견뎌내는 용기. 언제 누가 희생양이 될지 모르는 재난재해와 사건사고, 범죄, 참사 현장의 아비규환 속에서, 누가 먼저랄 것 없이 손을 내밀었고 그 손을 맞잡아 생명을 지켜낸 사람들의 이야기. 우리 이웃들의 이야기. 그러므로 '우리들'의 이야기. 지금부터 시작이다.

2021년 가을, 박주경

차례

3장. 상실의 계절

4장. 역병의 시절

1장

인간의 시간

우리가 속한 사회가
얼마나 건강한지, 얼마나 정의로운지가
재난 속에서 우리의 생사를 결정짓는다.
우리에게는 연대가 필요하다.

리베카 솔닛Rebecca Solnit, 《이 폐허를 응시하라》* 중에서

• 《이 폐허를 응시하라》(정해영 역, 펜타그램, 2012)

#01

"더 구하지 못해
죄송합니다"

코로나19 3차 대유행의 시작으로 사람들 마음이 다시 얼어붙던 2020년 12월 초, 경기도 군포에서는 안타까운 화재 소식까지 전해졌다. 아파트 실내 인테리어 공사 중 인화성 물질에 불이 붙어 폭발이 일어났는데, 순식간에 네 명이 숨지고 일곱 명이 다쳤다.

대형 참사였다. 그나마 인명피해가 그 정도 선에서 그친 걸 불행 중 다행으로 삼아야 할 일이었다. 불길이 삽시간에 번지는 바람에 입주민 여러 명이 건물 안에 갇혀 피해는 훨씬 더 심각할 수도 있었기 때문이다.

갇힌 일부는 급한 대로 옥상 대피를 시도했고 일부는 자기 집 현관도 빠져나가지 못해 베란다에서 발을 동동 굴렀다. 그 베란다를 뚫고 시커먼 연기와 불길이 악마의 포효처럼 뿜어져 나왔다.

생사가 경각에 달린 골든타임이었다. 바로 이때 하늘이 도왔던 건지, 땅 위에서 의인의 손길이 뻗어 올라왔다. 베란다에 매달린 세 명의 목숨을 기적적으로 구해낸 사람. 첫 이야기의 주인공이다.

이름은 한상훈. 스물아홉 살 청년이었다. 마침 그 아파트 단지에서 일을 보고 있던 사다리차 운전기사였다. 한 씨는 갑작스런 폭발음과 함께 12층 창밖으로 불길이 치솟고 날카로운 비명 소리가 터져 나오는 것을 들었다. 그는 지체 없이 건물로 자신의 사다리차를 갖다 붙였다. 머리 위로 시뻘건 화마의 혓바닥이 널름거리는 게 보였다.

폭발의 잔해와 깨진 유리, 화재로 인한 온갖 부유물들이 쏟아져 내렸다. 그 사이로 사람 두 명이 추락했다. 아비규환이었다. 언제 추가 폭발이 일어날지도 모르는 상황이었지만 한씨는 그래도 건물 가까이로 더 바짝 다가갔다. 모두가 그 건물로부터 최대한 멀어지려 애쓸 때 그는 가장 가까이 붙어서 사다리를 들어 올린 것이다.

불이 난 12층 베란다에 한 여성이 매달려 있는 것이 보였다. 옆집서 난 불로 시커먼 유독가스가 밀려들자 그녀는 다급한 마음에 이미 철제 난간을 넘어 서 있었다. 베란다 외벽을 위태롭게 딛고 선 그녀의 발밑으로 한상훈 씨가 올려 보낸 사다리차 상판이 도착했다. 구원의 사다리였다. 여성은 그 위로 아슬아슬하게 몸을 옮겨 무사히 땅으로 내려왔다. 그렇게 한 사람의 생명을 지켜냈다.

한씨의 활약은 거기서 끝나지 않았다. 세 개 층 위, 15층에도 고립된 사람들이 보였다. 규격상 그의 사다리차가 닿지 않는 높이였다. 한상훈 씨는 전동 사다리차의 높이 제한 장치를 풀어버렸다. 고장을 각오하고 어떻게든 최대한의 높이까지 들어 올려볼 요량이었다. 그렇게 용을 써가며 늘린 사다리는 기적적으로 15층 베란다에 닿았다. 거기서 또 두 명이 올라탔다. 10대 남매였고 수능을 앞둔 고3 수험생이 있었다.

한상훈 씨는 단연 이 이야기의 빛나는 주인공이다. 나라를 휘감아 도는 역병으로 지쳐 있던 국민들이 그의 활약상에 큰 감동을 받았다. 그러나 그는 언론 인터뷰에서 자기 말고 다른 주인공을 이야기하고 있었다. 본인보다 먼저 이런 식으로 사람들을 구해낸 사다리차 기사가 있었다는 것이다.

그의 말에 따르면 어느 빌라 화재 현장에서 사다리차를 이용해 사람들을 구해낸 선례가 있었는데, 그 소식을 접한 이후로 한씨도 평소 각오를 다져두었다고 했다. 혹시라도 비슷한 일이 눈앞에서 벌어진다면 자신도 꼭 그리 하겠노라고, 사람 살리는 일에 자신의 사다리를 쓰겠노라고…… 그 다짐은 실전에서 망설임 없는 행동으로 이어졌다. 한상훈 씨의 의행義行은 말하자면 선한 영향력의 대물림이었던 셈이다.

이 숭고한 일을 해내고도 한씨는 인터뷰 중 돌연 고개를 숙이고 울었다. 미처 구조되지 못하고 숨진 사망자 네 명이 생각나 마음이 몹시 아프다면서 말이다. 자신이 도저히 구해낼 수 없었던 사람들까지 가슴에 품고 그는 이렇게 말했다.

"충분히 (더) 구할 수 있었는데…… 구해드리지 못해서 너무 죄송해요."

나는 이 비슷한 말을 몇 년 전에도 들은 기억이 있다. 2017년 10월 발생한 미국 라스베이거스 총기 난사와 관련해서이다. 59명이 숨진 그 아비규환의 현장에서 시민들의 탈출을 도운 사람이 있었다. 총탄이 빗발치는 현장으로 차를 몰고 접근해 들어간 택시기사 존 저케라가 주인공이다. 그는 현장을 벗어나고 싶어 하던 시민 일곱 명을 택시 뒷자리에 태워 구해냈다. 옆자리에 이미 타고 있었던 승객과 운전기사 존 본인까지 모두 아홉 명이 택시 한 대에 몸을 구긴 채 현장을 빠져나왔다.

삶의 동아줄을 잡게 된 시민들은 연신 "고맙습니다"를 외쳤다. 당신 덕에 살았다는 안도의 인사였을 것이다. 택시 블랙박스 영상 안에 그날의 극적인 상황이 고스란히 담겼다. 이 일이 언론에 알려져 방송 기자들이 찾아왔고, 존은 인터뷰에서 이렇게 말했다.

"평화를 느낍니다. 적어도 아홉 명이 아직 살아 있다는 사실에요. 그러나 또한 비통합니다. 쉰아홉 명의 사람들이 목숨을 잃은 것이요."

동서를 막론하고 의인들은 이런 공통점을 갖고 있나 보다. 사람을 구해낸 일에 대한 자부심보다도 구해내지 못한 사람들에 대한 슬픔과 부채의식 같은 것 말이다. 끝내 내려놓지 못하는 그 마음이 바로 '휴머니즘'일 것이다.

타인의 고통에 좀처럼 아파하지 않는 이 공감 상실의 시대에, 사람을 살려내고도 살아남지 못한 사람부터 떠올리는 그 마음은 독보적인 빛을 발한다. 안개 낀 어두운 밤바다에서 따뜻하게 빛을 발하는 등대와도 같은 존재들이다.

군포 아파트 화재 참사도 기본적으로 인재의 요인을 여럿 갖추고 있었다. 흔히 하는 인테리어 공사, 그 사소한 작업을 하다가 그리도 큰 참사로 이어진 건데, 피해를 키운 몇 가지 구조적 요인이 있었다.

먼저, 연기를 피해 탈출하려던 사람들의 옥상 진입이 무산된 점이다. 고층 건물의 옥상이 막혀 있어 위기 시 대피로 이어지지 못하는 문제는, 이미 여러 차례 화재 선례에서 드러난 바 있다. 군포 현장에서 '옥상 행'에 실패한 세 명은 막다른 기계실 방향으로 탈출로를 틀었다가 오도 가도 못 한 채 변을 당했다. 두 명이 그 자리에서 질식해 숨지고 한 명이 중태에 빠졌다.

인테리어 작업이 진행 중이던 실내에서는 전기난로와 우레탄폼 용기, 시너 등 가연성 물질이 발견됐다. 특히 우레탄폼은 이런 종류의 화재 참사에서 이른바 '샌드위치 패널'과 더불어 가장 빈번히 등장하는 가연 소재이다. 워낙 인화성과 폭발력이 큰 물질이라 화재를 순식간에 키우는 요인이 된다. 눈 깜짝할 사이에 번진 불길로 두 명이 추락사할 수밖에 없었다.

현장에서 숨진 노동자의 유족들은 제대로 된 안전 조치 없이 공사가 진행됐다고 절규했다. 사망자 가운데 한 명은 두 달 뒤인 2월 말 결혼식을 앞두고 있었다. 코로나19로 미루고 미루던 결혼식을 봄에 치르려다가 끝내 그 꿈을 이루지 못했다.

#02
특별한 공로

카자흐스탄에서 온 이주노동자 알리 씨는 비자가 만료된 불법 체류자였다. 그는 2020년 봄 강원도 양양의 한 화재 현장에서 주민 10여 명을 살려낸 의인이다. 한밤중에 자신이 살던 원룸 건물에서 불이 나자 신속하게 이웃들을 깨워 대피시켰고, 본인은 건물 외벽을 타고 위층까지 올라가 갇혀 있던 주민을 구해냈다.

목숨 걸고 사람을 구해낸 대가는 가혹했다. 구출 과정에서 몸 곳곳에 중화상을 입은 알리 씨는 그야말로 고통과 희생을 감수한 진정한 의인이었다.

그러나 당초 알리 씨는 이 행동을 극구 숨기려 했다. 불법 체류자라는 신분이 탄로 나 한국에서 추방될까봐 걱정부터 앞섰던 것이다. 그래서 선행을 알리기는커녕 신분 노출을 피하고자 병원 치료마저 거부했다. 화재 수습을 위해 경찰관들이 출동하자 그는 종적을 감추기에 바빴다.

알리 씨는 카자흐스탄에 부모와 아내, 두 아이가 있었고 그들의 생활비를 책임지는 가장이었다. 처음 일하러 입국했을 때 받았던 비자는 진즉에 만료된 상태였고, 그 이후로 줄곧 불안 불안한 신분으로 공사장을 전전해야만 했다. 그러니 선행에 대한 생색이고 뭐고 그에게는 전혀 우선순위가 될 수 없었다. 오직 생계만이 그 앞에 놓인 절박한 숙제였다.

그러나 선행을 감춰야겠다는 알리 씨의 생각과 달리

시민들은 그를 가만 두지 않았다. 현장의 목격자들을 통해 그의 활약상은 지역사회에 알려졌고, 누군가 강원도청 민원 신문고에 사연을 올렸다. '화재 현장에서 귀중한 생명을 살려낸 미등록 외국인 노동자가 있으니 의상자로 선정해달라'는 요청이었다.

양양 주민들은 알리 씨를 위해 자발적인 치료비 모금 운동도 전개했다. 청와대 국민청원 게시판에도 누군가 글을 올렸다. 의인 알리 씨에게 영주권으로 보답해야 한다는 호소였다. 여론이 뜨겁게 호응하자 관할 지자체인 양양군도 중앙정부에 공식적으로 의상자 신청서를 냈다. 법무부는 우선 알리 씨가 당장의 추방을 피할 수 있도록 치료용 비자부터 서둘러 내주었다.

국내 대기업 LG에서 운영하는 복지재단은 자체적으로 알리 씨에게 의인상을 수여하기도 했다. 상을 받기 위해 시상식장에 나오면서 처음으로 알리 씨의 모습이 언론에 공개되었는데, 그는 당당하게 기뻐하기는커녕 여전히 쭈뼛쭈뼛 눈치를 살피고 있었다. 마음 놓고 영예를 누리지도 못하는 그를 보며 많은 사람들이 안타까워했다. 나 또한 뉴스에서 그 모습을 본 뒤 청와대 국민청원 게시판에 들어가 서명 한 표를 추가했다.

해외에서도 비슷한 사례를 찾아볼 수 있다. 2018년 프랑스에서 유명하게 회자되었던 '스파이더 맨'을 꼽을 수 있다. 아프리카 출신의 불법 체류자였던 마마두 가사마

가 주인공이다. 그는 파리의 한 아파트에서 화재가 발생
하자 난간에 매달린 아이를 구하기 위해 맨손으로 건물
외벽을 타고 올랐다.

정확히 알려진 바는 없지만 나의 추측으로는 그가 기
계체조나 '파쿠르(안전장치 없이 주위 지형이나 건물, 사물을 이
용해 한 지점에서 다른 지점으로 이동하는 곡예 활동)'를 익힌 사
람이 아닐까 싶다. 아래층 난간에서 위층 난간으로, 또 위
층 난간에서 그 위층 난간으로, 과감히 맨손 점프를 하며
오르는 것이었다. 붙잡을 수 있는 배관 같은 것도 없었고
오로지 신체 능력에만 의존해 고공 점프를 감행했다.

숙달된 능력으로 보이긴 했지만 본인에게도 대단히 위
험하고 아찔한 일이다. 아무런 안전장치도 없이 마마두
는 그야말로 맨몸 등반을 하고 있었다. 삐끗하는 순간 그
자신부터 추락사할 처지였다.

그러나 그는 목숨을 걸고 한 층씩 접근해갔고 마침내
아이가 매달린 위치까지 도착하였다. 그 순간 거리에서
시민들의 박수와 환호성이 터져 나왔다. 눈물이 핑 도는
장면이었다. 마마두는 조심스럽게 팔을 뻗어 난간에 매
달린 아이의 손목을 낚아챈 뒤 안전하게 들어올렸다.

이 모든 과정은 누군가의 휴대전화에 찍혀 동영상으로
전파됐는데, 그걸 본 마크롱 프랑스 대통령이 감동하여
그를 엘리제궁으로 초대했다. 대통령은 감사장을 전달
했고 직권으로 프랑스 시민권까지 부여했다. 그뿐만이

아니다. 하이라이트가 남아 있다. 프랑스 정부는 마마두의 의인 정신과 구조 능력을 높이 사서 그를 아예 소방관으로 특채하기에 이른다.

불법 체류자 신분을 뛰어넘어 아예 정부 소속 공무원이 되는, 말 그대로 동화 같은 '프렌치 드림'이 이뤄진 것이다. 프랑스 사회가 의인을 어떻게 대하는지, 어떤 철학을 갖고 있는지를 보여주는 상징적인 일이었다.

2019년에는 스페인 해안 도시 데니아에서도 유사한 일이 있었다. 세네갈 출신의 불법 체류자 고르기 라민 소우가 화재 현장에 혈혈단신 뛰어들어 갇혀 있던 장애인을 구해냈다. 데니아 지방정부는 그에게 즉각 영주권을 수여하라고 중앙정부에 요청했다. 2020년 양양군에서 알리 씨를 위해 취했던 조치와 비슷한 방식이었다.

국내에서도 사실 알리 씨가 첫 사례는 아니다. 2017년에도 스리랑카 출신의 불법 체류자 니말 씨가 경북 군위의 한 화재 현장에서 맨몸으로 90대 노인을 구해냈다. 그는 우리나라로부터 공식 '의상자' 인정을 받았고 영주권도 부여받았다. 불법 체류자로서는 첫 사례였으며 알리 씨가 이제 그 뒤를 잇게 된 것이다.

2020년 7월 24일 보건복지부는 의사상자 심의위원회를 열어 알리 씨(본명 율다셰프 알리 압바르, 28세)를 '의상자'로 인정했다. 양양군은 8월 4일에 알리 씨를 군청으로 초대해 관련 증서와 보상금을 전달했다. 의사상자란 법률적으로 '직무 외의 행위로 위해에 처한 다른 사람의 생명 또는 신체를 구하려고 자기 신체의 위험을 무릅쓴 채 구조 행위를 하다 사망하거나 부상을 입은 사람'을 뜻한다. 이에 지정되면 외국인의 경우 영주권 신청 자격이 주어진다.

출입국관리법 제10조의3, 3항을 보면 이렇게 적시돼 있다.

"대한민국에 '특별한 공로'가 있는 사람에게는 영주 자격 요건의 전부 또는 일부를 완화하거나 면제할 수 있다."

알리 씨가 구해낸 건 화재 현장의 10여 명뿐만 아니라 당시 코로나19로 마음을 다쳤던 전 국민이나 마찬가지였으니 그의 활약은 분명 대한민국을 상대로 한 '특별한 공로'가 맞을 것이다. 알리 씨는 특별한 대우를 받을 자격이 충분히 있는 사람이다.

#03

괴력은 어디서 오는가

사람이 사람을 구하는 것만큼 보는 이들의 가슴을 뜨겁게 적시는 일이 있을까? 아무리 반복해 자주 접해도 그런 소식들은 도무지 물리지 않는다. 영웅이나 의인까지는 아니더라도 각종 사건사고 현장에서 힘을 모아 여럿이서 한 사람을 구해낸 일쯤은 우리 사회에 흔한 일이다. 이 말이 과장 같다면 어디 한번 찬찬히 되짚어보자.

2020년 11월 23일 제주시의 한 초등학교 앞 도로. 여덟 살 어린이가 횡단보도에서 교통사고를 당한다. 달려오던 화물차에 부딪혔는데 바퀴 밑으로 그만 다리가 끼이고 말았다. 뒤따르던 차량 운전자가 그걸 보고는 다급하게 소리를 쳤다.

"여기 아이가 차에 깔렸어요! 도와주세요!"

그 소리를 듣고 주변에 있던 시민 일곱 명이 순식간에 달려왔다. 그들은 트럭을 에워싸고 맨손으로 차체를 붙잡은 뒤 번쩍! 하고 들어올렸다. 무거운 화물차가 사람 일곱 명에 의해 위로 들어올려졌다. 아이는 구급차가 도착하기 전에 무사히 트럭 밑을 빠져나왔다.

같은 해 2월 경남 진주에서는 열한 살 어린이가 마찬가지로 횡단보도에서 사고를 당했다. 차에 치이면서 몸이 밑으로 깔리자 역시나 누가 먼저랄 것 없이 시민들이 달려들었다. 이번에도 차체는 순식간에 번쩍 위로 들어올려져 아이는 귀한 목숨을 지킬 수 있었다.

그보다 몇 달 전인 2019년 7월 부산에서는 벗겨진 신

발을 주우려고 몸을 숙이던 여덟 살 어린이가 좌회전하던 승용차에 깔리는 사고를 당했다. 비명과 울음소리를 들은 십여 명의 어른들이 달려들었고 1.2톤 차체는 50초 만에 들어올려졌다.

어린이 사례만 있는 것은 아니다. 같은 해 여름, 대전에서는 70대 할머니가 승용차에 깔렸는데 인근 편의점에 있던 네 명의 직장인이 이를 보고 달려 나왔다. 근처를 지나던 다른 시민까지 가세해서 차량은 순식간에 위로 들렸다.

또 그 몇 달 전인 2018년 3월 경기도 광명에서는 여대생이 택시에 치여 바퀴에 몸이 끼였다. 출동한 경찰관들이 차를 들어올리려 했으나 꼼짝하지 않자 인근 시민들이 재빨리 가세했다. 총 아홉 명이 '영차 영차!' 구령까지 외치면서 용을 쓴 덕에 부상자는 6분 만에 차체 밑을 빠져나왔다.

하나만 더 얘기하자. 광명 사고 반년 전에는 충북 체천에서 오토바이 운전자가 택시에 깔리고 말았다. 인근을 지나던 십여 명이 달려와서 몇 초 만에 택시를 들어올렸다. 그 덕에 목숨을 구한 오토바이 청년은 인터뷰(MBC 뉴스, 2017년 6월 22일)에서 이렇게 말했다.

"(이런 게) 남 일인 줄 알았는데 제가 당사자가 되니까 감회가 새로워요. 살려주신 분들께 감사하고, 세상을 얻은 것 같고……"

일일이 열거하자면 입이 아플 정도로 사례는 끊임없이 나온다. 그러나 이런 얘기는 들어도 들어도, 말해도 말해도, 과하거나 지겨움이 없다. 아무리 화려한 '슈퍼 히어로 무비'라 해도 똑같은 스토리를 우려먹으면 질리게 마련인데, 희한하게도 우리 곁의 '현실 히어로' 얘기는 듣고 또 들어도 전혀 물리지가 않는다. 언젠가 내가 쓰러지더라도 기꺼이 도우러 와줄 사람이 세상엔 의외로 많다는 사실, 그걸 생생히 목격하는 일이니 어찌 지겹고 물릴 수가 있으랴.

구조된 청년 말대로 '남 일'인 줄로만 알았던 것이 언제 '내 일'이 될지 모르는 것이다. 뉴스로 전해지는 CCTV 영상 속에서 앞다퉈 사고 현장으로 달려가는 한 무리의 사람들을 볼 때마다 나는 코끝이 시큰해진다. 그들의 다급한 뒷모습에는 형언할 수 없는 아름다움이 배어 있다. 그것만큼 따뜻한 풍경이 어디 있을까?

그 따뜻함으로 살아난 청년이 말하길, 마침내 "세상을 얻은 기분"이라고 하지 않던가. 혼자 죽도록 내버려두지 않더라는 그 안도감이 곧 세상을 얻은 기분일 것이다.

#04

우리 안의 품앗이 DNA

한반도에 역대 최악의 태풍 '루사'가 닥쳤을 때, 내가 태어난 고향 마을은 물에 잠겼다. 강원도 정선군 정선읍. 2002년 당시 나의 부모님이 살던 고향집도 속수무책으로 침수 피해를 입었다. 성인 남자 허벅지 높이까지 물이 찼다고 하니 웬만한 가재도구는 모두 잠겼을 것이다. 황톳물에 둥둥 떠다녔을 아버지 어머니의 이불과 옷가지들은 상상만으로도 가슴을 미어지게 한다.

나는 그때 사회부 말단 기자로 '구르던' 시절이라 휴가를 내서 복구를 도우러 가는 건 엄두도 내지 못했고, 대신 (기구하게도) '일'을 통해 멀찍이서 그 현장을 둘러보게 되었다. 바로 헬기 취재를 지시받아 그날 내 고향 정선과 강릉 등을 상공에서 돌아본 것이다.

하늘에서 내려다 본 고향은 참혹했다. 홍수가 났던 2020년 여름의 섬진강 일대나 접경지역 침수 마을들을 연상해보면 된다. 범람한 강물이 휩쓸고 간 읍내는 온통 진흙 뻘로 뒤덮였고, 길마다 망가진 가재도구들과 망연자실한 주민들이 어지럽게 뒤엉켜 있었다.

이때만 해도 정선은 워낙 오지라서 피해 실상조차 외부에 알려지지 않다가, 그날 헬기 보도를 통해 9시 뉴스에 톱 기사로 보도되면서 비로소 참상이 드러났다. 방송이 나가고 다음 날부터 중앙정부에서 내려 보낸 구호물자와 인근지역 자원봉사자들이 물밀듯 몰려왔다고 부모님은 전했다. 당신들 표현에 따르면 '피해 주민보다 더 많은' 자원봉사자들이 정선 땅에 집결했다고 한다. 아버지 어머니는 그때 그 분들 덕에 집도 추스르고 밥도 얻어먹었다며 두고두고 고마워했다.

그리고 18년의 세월이 흐른 뒤, 고마움을 잊지 않고 살던 정선 주민들은 마침내 보은의 기회를 갖게 된다. 2020년 8월 홍수로 강원도 철원이 물에 잠겼을 때, 정선군 자원봉사센터 소속 주민 30여 명은 철원군 동송읍 이길리로 달려갔다. 침수 현장에서 밥을 짓고 빨래를 돕고 가재도구를 정리하며 복구에 팔을 걷어붙였다.

앞서 철원지역 주민들은 2002년 태풍 루사가 닥쳤을 때 누구보다 먼저 정선을 찾아가 자원봉사를 해줬던 주인공들이다. 정선지역 주민들은 그때 그 일을 꼭 기억하고 있다가 18년 만에 되갚은 것이다.

며칠 뒤에는 또 동해시 자율방재단 소속 회원들이 마찬가지로 철원군 이길리를 찾았다. 역시 태풍 루사와 매미 등으로 침수 피해를 입었을 때 철원 주민들이 원정 와서 도와줬던 일을 잊지 않은 것이다.

비슷한 시기, 강릉시 종합자원봉사센터 소속 주민들도 철원군 갈말읍 동막리로 달려갔다. 밥차를 운영하고 진흙투성이 이불과 옷가지들을 세탁해주는 등 복구에 구슬땀을 흘렸다. 강릉 시민들 또한 십수 년 전 자신들이 홍수 피해를 입었을 때 이웃 고장에서 찾아와 도와주었던 은혜를 기어이 갚은 것이다.

바로 이 기질, 어려울 때 서로 돕는 품앗이 기질은 한민족의 대표적인 선한 기운이다. 우리는 매 고비마다 이 기운을 잘 활용해서 서로에게 버팀목이 되어왔다. 동해안에 산불이 났을 때도, 서해바다에 기름띠가 깔렸을 때도, 대구 경북에 코로나19 '헬 게이트'가 열렸을 때도, 또 서울역 앞이 'IMF노숙자'로 장사진을 칠 때도 어김없이 도움의 손길이 이어졌다.

그때 도움을 받았던 사람이 또다른 재난에서는 도움을 주는 사람이 되기도 한다. 그런 식으로 우리는 한두 다리만 건너면 도움으로 얽히는 운명 공동체가 되었다. 대한민국 가가호호 중에서 각종 재난재해로 어떤 식으로든 도움을 받거나 줘보지 않은 집은 아마 한 집도 없을 것이다. 우리는 언제고 한 번씩은 누군가를 도왔고, 혹은 도움을 등에 업고 살아왔다. 이것이 하나의 DNA처럼 우리 핏줄을 타고 흘러왔을지도 모른다.

나라가 무너질 것 같은 재앙이 발생할 때마다 좌절도 잠시, 곧바로 털고 일어나 남을 도우러 달려갔던 건 바로 이 DNA가 작동했기 때문이 아닐까. 앞뒤 가리지 않고 일단 소매부터 걷어 올리는 그 품앗이 기질이 서로에게 동아줄이 되어왔으리라고 나는 믿어 의심치 않는다.

2020년 겨울은 그 어느 해보다도 우울하고 마음까지 꽁꽁 얼어붙었다. 코로나19 때문에 봄여름가을겨울 할 것 없이 모든 계절이 역대 최악이었지만, 그중에서도 겨울은 코로나19의 3차 유행과 맞물리면서 삭막한 거리두기로 점철됐다. 1, 2차 유행을 간신히 진정시키고 이제 평화로운 연말을 맞으면 되겠다 싶었는데 갑자기 반전 국면이 들이닥쳐 국민들은 더욱 허탈했다. 그 겨울의 초입에, 그나마 따뜻한 뉴스 하나가 우리를 찾아온 것은 작은 선물이었다.

주인공은 폐지를 줍는 80대 할머니였다. 내가 진행하는 뉴스에 소개된, 전북 남원에 사는 84세 김길남 할머니. 그녀는 거리 곳곳에 버려진 폐종이를 주우며 분주한 하루를 보내고 있었다. 유모차를 고쳐 만든 짐수레에 차곡차곡 폐지를 모으는 일이 김 할머니의 중요한 일과였다. 며칠간 폐지 100킬로그램을 모아서 고물상에 갖다줬더니 할머니 손에 4천 원이 쥐어졌다. 많지는 않지만 그 돈은 전액 기부될 돈이었다.

할머니는 벌써 5년째 폐지 수거로 번 돈을 자신에게 쓰지 않고 더 어려운 사람들에게 써달라며 기부해왔다. 폐지뿐 아니라 유리병도 줍고, 버려진 그릇과 옷가지도 줍고, 돈 될 만한 것들은 전부 모아서 기부의 밑천으로 삼았다. 거기서 오는 기쁨이 노년의 쓸쓸한 삶을 달래주는 가장 큰 낙이라고 김 할머니는 힘주어 말했다.

지금까지 기부를 위해 고물상에 건넨 폐지의 무게만 대략 50톤에 달한다. 그리 큰돈으로 돌아오진 않았지만

36

할머니는 나눔 자체의 기쁨을 만끽하고 있었다. 10원, 100원이라도 남을 위해 쓸 수 있다면 그것이 행복이라고 강조했다.

"적은 돈이나마 동사무소에 내고 오면 그 기분은 말로 표현할 수가 없어. 그렇게 좋아."

김 할머니의 스토리가 전해지기 20여 일 전, 전북 군산시청 복지과에는 정성스럽게 봉투에 담은 지역상품권 30만 원과 현금 5만 원 그리고 손편지 한 장이 전달되었다. 마스크로 얼굴을 가리고 모자까지 눌러 쓴 한 남성이 이름을 밝히지 않은 채 봉투만 내려놓고 갔다. 동봉한 편지에는 자신을 우유 배달원이라고만 간단히 소개하고 있었다.

평소 새벽배달을 다니다 보면 거리에서 폐지 줍는 노인들을 만나게 되는데, 그 분들을 볼 때마다 부모님 생각이 나기도 하고 마음이 안쓰러워 자신의 배달 수입을 나누고 싶었다는 내용이었다. 주인공이 자필로 쓴 편지에는 이런 글이 담겨 있었다.

저는 새벽에 우유를 배달하는 배달원입니다. 요즘에는 코로나 여파로 기부도 많이 줄었다고 들었습니다. 그래서 조금이라도 도움이 되고자 합니다. 새벽에 배달하다 보면 폐지 줍는 어르신들이 계십니다. 저의 어머니, 아버님 같은 마음이 듭니다. 이번 겨울 따뜻하게 지내는 데 조

금이라도 보탬이 되었으면 합니다. 홀로 지내시는 어르
신, 그러니까 자녀 없이 홀로 지내시는 분, 폐지 주우면서
힘겹게 사시는 분들에게 후원을 하려고 합니다.

　(한 번) 일회성으로 그치지 않고 겨울이 되면 도와드리
겠습니다. 기름이 바닥이 났을 때 가득 채워드리겠습니
다(겨울에 한 번 정도 해드릴 수 있습니다).

　소외되고 가난한 사람들에게는 겨울이라는 계절도 하
나의 재난이다. 이 선량한 남자는 자신도 넉넉지 않으면
서 이웃의 재난을 걱정하고 있었다. 진심으로, 정성을 담
아서, 그 걱정을 실천으로 옮겼다. 나는 온라인 기사에
첨부된 편지의 자필 원문을 읽다가 코끝이 시큰해지고
말았다.

　군산시는 이 남성의 뜻을 받들어 관내 폐지수거 노인
가운데 적절한 공여자를 찾겠다고 했다. 그렇다면 아마
도 남원의 김길남 할머니 같은 분에게 돌아가지 않을까?
물론 같은 지역이 아니니 김 할머니가 그 주인공이 되지
는 않겠지만 어쨌든 기부는 이렇게 돌고 돌면서 우리 사
회를 군불처럼 데우고 있다.

　어린 시절 내가 자라던 시골집 구들장이 문득 생각난
다. 외출에서 돌아오면 온 집이 냉기로 가득 차 있었지만
어머니가 아궁이에 연탄불 하나를 집어넣으면 방 전체
에 온기가 돌기 시작했다. 지금도 이 사회에는 곳곳에서

이웃들의 차가워진 마음에 연탄불을 집어넣는 따뜻한 사람들이 존재한다. 아직은 살 만한 세상임이 분명하다. 우리가 누군가? 바로 품앗이의 민족이 아니던가.

#05

노블리스 오블리주

영화배우 조지 클루니를 친구로 둔 열네 명은 지난 2017년 현금 1백만 달러씩을 손에 쥐었다. 클루니가 자신의 집으로 옛 친구들을 초대해 가방 하나씩을 건넸는데, 거기에 20달러 지폐로 1백만 달러어치가 들어 있었다. 열네 명이 그걸 받았으니 한화로 총 150억 원대에 이르는 거액이다.

클루니는 현금 증여에 따른 세금 문제까지 다 처리하고 이 돈을 친구들에게 나누어주었다고 한다. 친구 중 몇몇은 그때까지도 술집에서 웨이터로 일하는 등 형편이 넉넉지 않았다. 갑자기 떨어진 벼락 돈다발이 부담스럽다며 안 받겠다는 친구도 있었지만 클루니는 그들을 이렇게 설득했다.

"너희들 모두 받을 자격이 있어. 다만 한 사람이라도 거절하면 나머지 친구들도 모두 받을 수 없을 거야."

도대체 이 거짓말 같은 스토리에는 무슨 사연이 있는 걸까? 조지 클루니는 젊은 시절 무명배우로 일할 때 이 친구들의 도움을 많이 받았다고 한다. 그는 2020년 남성 잡지 〈GQ〉와의 인터뷰에서 3년 전 있었던 이 믿기 힘든 일화에 대해 질문을 받았는데 다음과 같이 배경을 설명해주었다.

"내가 무일푼이던 시절 이 친구들에게 많은 신세를 졌습니다. 그 친구들의 집 소파에서 잠을 잤고 빌린 돈으로 끼니를 때웠지요. 친구들은 내가 어렵던 시절, 도움이 필요할 때 항상 도와주었고 오랜 기간 변함없이 나를 응원 해주었습니다. 35년 동안 갖가지 방법으로 나를 도와준 이 친구들이 없었더라면 아마도 나는 지금의 어떤 것도 가지지 못했을 거예요."

조지 클루니는 그 오래된 은혜를 잊지 않고 기어이 갚 았던 것이다. 액수를 떠나서, 은혜를 알고 갚을 줄 아는 인간의 됨됨이를 보여줬으니, 이 이야기는 많은 사람들 에게 잔잔한 감동을 주었다. 정말이지 마인드 자체가 참 멋지지 않은가.

우리 주변에는 은혜를 은혜로 아는 사람이 의외로 참 드물다. 그것을 갚을 줄 아는 사람은 더더욱 드물고 말이 다. 오히려 '배은망덕'이거나 '검은 머리 짐승' 아니면 다 행인 것을…… 그러니 성인판 동화 같기도 한 이 이야기 에 많은 사람들이 설레고 감동 받았던 것은 당연지사이 다. 갖추어 마땅하지만 막상 목격하기 힘든 인간 됨됨이 의 '희소성' 때문이었을 것이다.

일각에서는, 그 큰돈을 더 어려운 사람들을 위해 쓰지 왜 '자기 사람'에게만 베풀었냐고 반문하는 사람도 있던 데 그건 클루니를 잘 몰라서 하는 말이다. 클루니는 이 일 말고도 평소 기부왕이자 사회활동가로 유명하다. 그 는 인종차별 방지와 총기규제 캠페인 등에 수시로 거액 을 쾌척해왔고, 최근에는 레바논 대폭발 참사와 코로나 19 피해자들을 위해서도 수십억 원대의 돈을 기부한 바 있다.

심지어 그는 자비로 인공위성까지 띄워서 제3세계 학살과 인권 탄압 실태를 감시하고 고발하기도 했다. '센트리(sentry, 감시병)'라는 이름의 이 비영리 단체는 아프리카의 남수단, 중동의 여러 내전국들, 심지어 북한까지도 감시 대상에 포함시켰다. 그야말로 '클래스가 다른' 활동가인 셈이다.

할리우드 배우 중에서는 안젤리나 졸리도 인도주의 활동으로 유명하다. 아프리카와 아시아 난민을 위한 각종 구호 활동으로 UN 국제시민상의 1호 수상자가 되었고 그 밖에도 많은 국제 인권상을 받았다. 개인 기준으로는 유니세프에 가장 큰 금액을 기부한 것으로도 알려졌다.

사비를 털어 캄보디아와 시에라리온, 탄자니아, 파키스탄 등 30여 개 나라의 난민 캠프를 돕기도 했고 지구촌 이웃들의 동참을 호소했다. 2005년에는 그녀 아들의 이름을 딴 '매덕스 졸리 재단'을 만들어 빈곤층의 거주와 생활, 교육, 의료 인프라 조성 운동을 해왔다. 세계 15개 나라에 그녀가 세운 학교가 있다. 아프리카의 밀렵 실태를 고발하는 환경 영화를 직접 만들기도 했다.

기업인들 중에는 빌 게이츠가 의행義行으로 유명하다. 젊었을 때 '악착같이' 번 돈을 현재 그는 '악착같이' 좋은 일에 쓰고 있다. 마치 기부하려고 돈을 번 게 아닌가 하는 생각이 들 정도이다. 빌 게이츠는 지금까지 우리 돈

수십조 원을 사회에 기부해왔고, 남은 재산도 거의 모두 환원하겠다고 확약한 상태이다. 자녀들에게는 유산의 0.02퍼센트 이하만 물려주겠다고 선언했다. 워런 버핏도 빌 게이츠와 뜻을 같이하기로 하면서 이른바 '투 톱'을 이루었다.

그들의 뒤를 이어 국내에서는 김범수 카카오 의장과 김봉진 우아한형제들('배달의민족' 운영사) 의장 등이 통 큰 기부를 선언하기도 했다. 이들이 최근 수조 원, 수천억 원대의 기부 의사를 밝힌 배경에 게이츠와 버핏 같은 선배 기업인들의 영향이 있음을 부인할 수 없을 것이다.

2021년 안타까운 이혼 소식이 전해지긴 했지만 빌 게이츠는 전 부인 멀린다와도 기부를 위해 힘을 모았다. 함께 살던 시절, 두 사람의 이름을 딴 재단을 만들어 에이즈 치료제 개발 등을 지원해왔고, 2020년에는 코로나19 백신과 치료제 개발에도 1,500억 원 넘는 돈을 내놓은 것으로 알려졌다. 비록 이혼과 여러 구설로 끝이 좋진 않았지만 그래도 빌 게이츠를 무시할 수 없는 게, 그가 보여준 노블리스 오블리주noblesse oblige의 숭고한 취지와 실천력 때문일 것이다.

지금까지 소개한 모든 이들의 공통점이 바로 노블리스 오블리주를 실천하고 있다는 점이다. 옛말에 개처럼 벌어 정승처럼 쓴다는 말이 있는데, 그들이 개처럼 벌었는지는 모르겠지만 어쨌든 정승처럼 쓰는 것만은 분명해

보인다. 현실에서는 그 반대로 정승처럼(쉽게) 돈을 벌어서 개처럼(본능대로만) 쓰는 사람들이 얼마나 많은가? 이른바 '천박한 자본주의'가 만연한 시대에 진정한 노블리스 오블리주가 무엇인지를 저들은 몸소 실천으로 보여주고 있다.

특히 중요한 공통점을 하나 더 꼽자면 그것은 바로 '사람을 살리는 일'에 돈을 쓰고 있다는 점이다. 꺼져가는 생명의 불씨를 되살리는 데 쓰는 돈은 그 어떤 정승 같은 돈보다도 압도적으로 빛나는 가치를 지닌다. 벌 줄만 알았지 제대로 쓸 줄을 모르는 수전노들이 배우고 부끄러워해야 할 일이다.

#06

피해자의 용기가
세상을 바꾼다

"대통령께 올리는 탄원서…… 한 시민이 정의를 위해 조직폭력배와 목숨을 걸고 싸울 것을 맹세하면서……"

이렇게 시작하는 신문 광고가 1996년 7월 24일 〈광주일보〉에 실렸다. 1면 하단을 대문짝만 하게 채운 광고였다. 주인공은 전남 목포에서 중소기업을 운영하던 조모 씨. 그는 회사 직원들과 회식 차 나이트클럽에 갔다가 폭력배들로부터 집단폭행을 당했다. 사법당국에 고소했지만 신속한 처벌은커녕 오히려 깡패들로부터 보복 위협이 이어지자, 그는 참다 못해 사비까지 털어서 이런 광고를 게재한 것이다.

그는 광고 지면에 담은 호소문에서 대통령에게 조직폭력배 소탕을 간절히 요청했고 자신도 끝까지 맞서 싸울 것이라는 결의를 밝혔다. 보통 사람들은 그런 상황에서 위축되고 겁을 먹어 맞대응할 의지조차 갖기 힘들 텐데 조씨는 아예 정면 대응, 전면전을 선포한 셈이다.

사건의 경위는 이랬다. 1996년 6월 22일 조모 씨는 목포시내 한 호텔 나이트클럽에서 회식을 했다. 그리고 술값 계산 과정에서 바가지를 씌운 것 같다는 의심이 들어 웨이터와 언쟁을 벌였다. 그러자 클럽을 관리하던 폭력배들이 몰려와 조씨에게 집단 린치를 가했다. 조씨뿐 아니라 여성을 비롯한 다른 직원들까지 폭언과 폭행을 당했다.

제법 큰 부상을 입은 조씨는 다음 날 나이트클럽을 다

시 찾아갔다(사실 이것만 해도 대단한 용기이다). 폭행에 대한 사과를 받기 위해서였는데 클럽 측은 또다시 전날과 같은 폭력을 휘둘렀다. 심지어 조씨의 근무지로 깡패들을 보내 일터를 공포 분위기로 몰아넣기도 했다.

결국 조씨는 사건 10여 일 뒤 검찰에 고소장을 냈고 그로부터 며칠 후 찾아온 가해자들에게 일단 사과를 받아내긴 했다. 아마도 검찰이 그렇게 하라고 중재를 했던 것으로 추정된다. 그러나 사과하고 얼마 지나지 않아 깡패들은 또다시 보복 폭력을 가했는데 이번에는 대상을 바꿔 조씨의 동생까지 표적으로 삼았다. 고소에 대한 앙갚음과 본보기 차원이었을 것이다.

마침내 분노가 폭발한 조씨는 위와 같은 신문 광고를 게재하고 거기에 자신의 주소와 연락처까지 실었다. 자신은 두려울 게 없으니 갈 데까지 가보자는 결연한 메시지였을 것이다. 그는 광고 속 탄원서에 이렇게 적었다.

대한민국은 엄연한 법치국가인 만큼 조직폭력배와 목숨을 걸고 끝까지 싸울 것입니다.
(중략) 만일 내가 폭행을 당해 목숨을 잃는다면 다른 시민들이 이러한 운동을 계속해주길 바랍니다.

이 용감한 선전포고는 당시 큰 파문을 일으켰고 결국 대통령에게까지 관련 보고가 전달되었다. 호소문을 읽은 당시 김영삼 대통령은 내무부장관과 경찰청장 등을 불러 호되게 질타하고, 조씨에게 직접 서신을 보내 조폭 근절을 위한 특단의 조치를 취하겠다고 약속했다. 그렇게 해서 불호령을 맞게 된 목포경찰서는 관내 형사들을 총동원해 해당 나이트클럽 사장과 사건에 연루된 조폭들을 모조리 잡아들인다. 연이어 전국적으로도 이른바 '깡패 소탕 작전'이 대대적으로 펼쳐졌다.

계란으로 바위 치기 같았던 한 시민과 조폭들의 전쟁은 이렇게 용감한 시민의 승리로 끝나게 되었다. 프리드리히 실러는 말했다.

> "누구에게도 두려움이 없는 자는, 누구나가 두려워하는 자보다 강하다."

조씨는 누구나가 두려워했던 조직폭력배를 두려워하지 않음으로써 진정한 강자가 누군지를 몸소 보여주었다.

사회부 기자 시절, 경찰서 출입 생활을 하면서 내가 형사들로부터 많이 들었던 얘기 가운데 하나가 "신고만 하면 되는데……"였다. 아무리 범죄자들이 무서워 보여도 일단 경찰서에 잡아다 놓으면 비굴한 일개 피의자일 뿐이라고, 억울하게 당한 피해는 반드시 신고를 하라는 얘기였다. 해결이 안 될 것 같아도 의외로 해결되는 일들이 있고, 보복 당할 것 같지만 의외로 아무 일 없는 경우가 더 많다는 것이다.

물론 힘없는 일반인의 입장에서는 결코 쉬운 얘기가 아니다. 사람에게는 누구나 트라우마라는 게 있어 자신에게 위력을 행사한 자를 상대로 용기를 내기가 결코 쉽지 않다. 공권력에 대한 불신도 망설임의 배경으로 작용할 것이다. 그러나 그런 주저와 공포를 이겨낸 사람만이 진정한 강자, 최후의 승자가 될 수 있다는 걸 조씨의 사례는 보여주었다.

물론 그가 운이 좋았던 측면도 있다. 세상에는 예측 범주를 뛰어넘는 지독하고 악랄한 '빌런'들이 넘쳐난다. 그런 상대를 만나면 아무리 담대하게 맞선다 해도 용기의 최종 결과를 예단키 어렵다. 추가 보복으로 어떤 화를 입을지 모를 일이다. 그러므로 그때 우리에게 필요한 것은 강력한 사회적 보호 시스템이다.

법과 공권력이 적극적으로 나서 피해자를 보호하고 가해자를 속히 엄단할 때, 피해자의 용기는 비로소 그 가치를 구현해낼 수 있다. 조씨 사건에서도 끝까지 공권력이나 몰라라 했다면 결과는 참혹했을지 모른다. 뒤늦게나마 '피해자 보호, 가해자 엄단'의 법체계가 가동되었기에 그 일은 안도하며 돌아볼 수 있는 역사가 되었다.

좋은 나라, 좋은 사회란 바로 그런 시스템을 항시 가동하는 곳이다. 특별한 계기가 불거져야만 뒤늦게 움직이는 게 아니라 '피해자 보호, 가해자 엄단'의 응당한 시스템이 일상에서 공기처럼 자연스럽게 돌아가는 곳 말이다. 용기를 낸 피해자마저 제대로 보호받지 못하고 되레 2차 가해만 입는 일이 빈발한다면, 그 사회는 누구도 용기 낼 수 없는, 아니 내어서는 안 되는, 그러므로 살기 싫어지는 사회가 될 것이다.

약자라서 당한 피해가 있다면 강자에게서 보상을 받게 해주고, 가해 행위에 대해서는 합당한 처벌이 뒤따르게끔 철저히 단죄하는 사회.

피해자를 돕고 사회악을 폭로하려다 오히려 가해자로 몰리는 억울함이 없는 사회.

살릴 수 있었던 사람들을 허망하게 죽도록 방기하지 않는 사회.

방기했던 과오가 있다면 참회하고 발 빠르게 재발 방지 대책을 찾을 줄 아는 사회.

성별이나 출신 때문에 부당하게 차별받지 않고 혈연·지연·학연의 끈이 없다는 이유로 출발선에서 밀려나지 않는 사회.

그런 사회가 좋은 사회, 용기 내어 살아볼 만한 사회일 것이다. 우리는 어떤 사회인가? 대한민국은 지금 어디까지 와 있는가?

2장
분노의 나날

애벌레가 세상의 끝이라고 생각했던 것이
나비의 시작이었다.

리처드 바크Richard Bach

#07

"정말 막을 수 없었나요?"

상황실 : 저기요. 지금 성폭행 당하신다고요? 성폭행
　　　　 당하고 계신다고요?

신고자 : 네, 네!

상황실 : 자세한 위치 모르겠어요?

신고자 : 지동초등학교에서 못골놀이터 가기 전!

상황실 : 지동초등학교에서……

신고자 : 못골놀이터 가기 전요!

상황실 : 누가, 누가 그러는 거예요?

신고자 : 어떤 아저씨요, 아저씨! 빨리요, 빨리요!

상황실 : 누가? 어떻게 알아요?

신고자 : 모르는 아저씨에요.

상황실 : 문은 어떻게 하고 들어갔어요?

신고자 : 저 지금 잠갔어요.

상황실 : 문 잠갔어요?

신고자 : 내가 잠깐 아저씨 나간 사이에 문 잠갔어요.

상황실 : 들어간 데 (위치) 다시 한 번만 알려줄래요?

누군가 문을 열고 들어오는 소리.

신고자 : (잘못했어요. 아저씨 잘못했어요!)

상황실 : 여보세요? 주소 다시 한 번만 알려주세요.

신고자 : (잘못했어요! 잘못했어요!)

상황실 : 여보세요? 여보세요?

신고자 : (악! 악! 잘못했어요!)

상황실 : 여보세요? 주소가 어떻게 되죠?

신고자 : (잘못했어요! 잘못했어요!)

상황실 : 여보세요? 여보세요?

미확인 현장음들.

신고자 : (아저씨! 아파!)

상황실 : (근무자끼리의 대화) 아는 사람인데……

　　　　남자 목소리가 계속 들리는데……

　　　　부부싸움 같은데……

　육성이 아닌 활자로만 접해도 고통스러운 사건이다. 2012년 경기도 수원에서 발생한 이른바 '오원춘 사건'의 신고 녹취록이다. 112로 다급하게 구조 요청을 한 여성과, 전화를 받은 상황실 근무자 사이에 위와 같은 허망한 대화가 오갔다. 천금 같은 시간이었다. 이 사건은 언론을 통해 영상 없이 오직 음성으로만 전달되었는데도 대중에게 크나큰 충격을 안겼다.

　이유는 크게 두 가지였을 것이다. 하나는, 당시의 참혹한 상황이 저 육성을 통해 마치 생중계되듯 그려졌다는 점. 그리고 다른 하나는, 바로 저 단계에서 멈출 수 있었던 사건을 멈추지 못했다는 점, 즉 경찰의 대처가 부실했다는 것이다. 시종일관 경찰의 움직임은 느리고 허술했고 그 결과 피해자를 구하지 못했다. '살릴 수 있었는데' 하는 탄식과 안타까움이 대중의 분노를 가중시켰다.

2012년 4월 1일 밤 발생한 이 사건의 피해자는 직장에 다니던 스물여덟 살 여성이었다. 범인은 당시 40세였던 중국인 오원춘(우위안춘). 그는 귀갓길의 피해자와 골목 앞에서 마주친 뒤 다짜고짜 자기 집으로 끌고 갔다. 그러고는 녹취 속의 그 끔찍한 상황으로 이어졌다.

신고를 받은 경찰은 다음 날 아침이 되어서야 현장 확인에 나섰으나 그마저도 우왕좌왕이었다. 피해자가 이미 콕 집어 알려준 지점 대신 엉뚱한 장소들을 좌표 삼아 헤매고 다녔다. 불 꺼진 집은 아예 탐문도 하지 않았는데 이에 대해 "주민들 수면에 방해될까 봐"라는 사유를 달았다(나중에 경찰이 해명한 내용이 그랬다).

피해자는 신고 전화를 끊고도 상당 시간 살아 있었다. 경찰이 빨리 찾아냈더라면 얼마든지 살릴 수 있었던 시간이다. 그 기회를 경찰은 허비한 셈이었고 사건은 입에 담기도 힘든 토막살인으로 종결되고 말았다(오원춘은 검거 당시에도 숫돌에 흉기 날까지 갈아가며 시신을 훼손하고 있었다).

훗날 국가인권위원회는 경찰이 통화 당시 '적절치 않은 질문'을 하며 시간을 경과시켰다고 지적했다. "부부 싸움 같은데"라는 말로 대변되는 오판에 대해 질타가 쏟아졌다. 초동 수색 당시에도 가택들 외부만 겉핥기식으로 둘러본 점, 수사 책임자들이 현장에 늦게 나타나 효율적인 인력 가동이 늦어진 점, 사건 관련 CCTV 영상 등의 자료 확보가 늦었던 점 등 부실 사유는 줄줄이 쏟아져 나왔다.

경찰청은 10여 명의 관련자들을 징계했다. 그러나 그 어떤 사후 문책으로도 숨진 피해자를 되살려낼 수는 없다. 유족과 지역사회가 입은 상처도 씻어주지 못한다. 해당 사건으로 몇 날 며칠을 분노와 슬픔에 잠겼던 국민들도 마찬가지였다. 이런 사건은 두고두고 집단 트라우마로 남아 모두의 마음을 무겁게 한다.

이와 같은 일이 대중에게 극도의 충격을 안기는 이유는 앞에서도 잠시 언급했듯, 참사의 전개 과정을 모두가 직간접적으로 지켜보았다는 점이다. 실시간이든 시차를 두고서든 우리는 마치 중계를 보듯 사건을 대리 체험하게 되고 피해자의 고통 속에 감정을 이입하여 그 괴로움을 함께 떠안는다.

특히 최근에는 CCTV라든가 통신의 발달로 범죄나 사고 당시의 현장 상황을 보여주는 자료가 많아졌고, 언론을 통해서든 경찰의 공개수사를 통해서든 어쩔 수 없이 그런 것들을 수시로 접하며 살아가야 한다. 그 목격의 결말이 인명 구조나 범행 차단이라면 다행이지만 그렇지 못한 경우에는 우리 모두가 충격과 슬픔, 분노를 떠안아야 한다. 공권력이 제 역할을 못해서 벌어진 일이라면 더욱 그렇다.

 수사기관의 헛발질로 국민이 집단 상처를 입은 사례
는 오원춘 사건 말고도 많았다. 1980년대 화성연쇄살인
사건만 해도 그렇다. 잡히지 않는 범인이 보란 듯 악행을
일삼던 그 기간에 온 국민은 허술한 공권력의 실상을 낱
낱이 지켜봐야 했다.

 추가 피해자가 등장할 때마다 매번 경악했고 가슴이
내려앉는 충격을 떠안게 됐다. 일몰 이후에는 거리에 인
적이 끊길 정도였다. 공권력으로부터 보호받지 못한다
는 불신, 나도 언제 피해자가 될지 모른다는 불안이 당대
의 사회 기류로 자리 잡았다.

 최근 이춘재라는 이름의 진범이 나타나 당시 수사가
얼마나 엉터리였는지 더욱 여실히 입증되었다. 경찰은
엉뚱한 사람을 잡아다가 누명을 씌워 기소했고, 그사이
진범은 태연작약 추가 범행을 저지르고 다녔던 것이다.

 그 모든 일련의 사건들은 결국 '막을 수 있었는데……'
라는 통한으로 남게 된다. 막지 못한 경찰에게는 영원히
흑역사로 남을 수밖에 없고 말이다.

 범죄나 참사를 접하는 대중에게 있어 가장 괴로운 것
이 '살릴 수 있었는데'라는 안타까움이다. 오원춘 사건이
나 화성연쇄살인 사건 등은 경찰의 대처에 따라서 얼마
든 피해를 막거나 최소화할 수 있었던 사안이다. 그러나
우왕좌왕 혹은 허둥지둥 또는 무사안일의 기류 속에 막

을 수 있는 일을 막지 못했고, 그사이 안타까운 희생이 발생했다. 심지어 범인도 아닌 사람이 누명을 쓰고 옥살이를 했으니 그 사람까지도 또 하나의 희생자가 되고 말았다. 역사에 다시는 추가되어선 안 될 기막힌 비극이 아닐 수 없다.

화성연쇄살인 사건의 진범 이춘재 대신 누명을 썼던 윤성여 씨는 2020년 12월 17일 재심에서 무죄를 선고받았다. 8차 사건 범인으로 지목돼 20년 옥살이를 한 뒤였고, 누명을 쓴 시점으로부터 무려 32년의 세월이 지난 뒤였다.

　재판부는 "과거 수사기관의 부실 행위로 잘못된 판결이 나왔다"며 오랜 기간 고통 받은 피고인에게 사법부 구성원으로서 사과한다고 밝혔다. 경찰청도 같은 날 보도자료를 내고 "재심 청구인과 가족 등 모든 분들께 머리 숙여 사과드린다"고 했다. 무고한 청년에게 경찰이 살인범 낙인을 찍었다고 인정한 것이다.

　그러나 엉뚱한 사람의 수감 덕에 진범이 바깥세상을 활보하며 마음껏 추가 범행을 저지른 점, 그로 인해 천금 같은 목숨들이 희생된 점, 다시 말해 죽지 않아도 될 사람들이 죽어나갔다는 점에 대해서는 별도의 사과나 언급이 없었다.

#08

조두순, 잃어버린 12년

"범행을 반성하십니까?"

"……"

묵묵부답이었다. 2020년 12월 12일, 12년의 징역을 마치고 안산준법지원센터(보호관찰소)에 모습을 드러낸 조두순은 취재진의 질문에 답하지 않았다. 마스크와 모자로 얼굴을 꽁꽁 가렸고 그 사이로 삐져나온 머리는 희끗했다. 그는 이 날 아침 다른 출소자들과 달리 관용차를 타고 교도소를 빠져나왔다. 만에 하나 있을지 모를 '불상사'에 대비한다며 국가가 제공한 것이다.

그가 탄 차를 향해 계란과 욕설이 날아들었다. 전날부터 교도소 앞에 진을 친 시위대가 차량을 물리적으로 막아서려고도 했다. 사적 응징을 예고했던 유튜버들이 현장에 나타났고 크고 작은 소요가 발생했다. 하지만 경찰은 주요 지점마다 병력을 대거 배치해 돌발 사태를 막아냈다. 그렇게 조두순은 공권력의 '보호' 속에서 보호관찰소로 무사히 이동했다. 12년 만에 그가 우리 사회로 다시 편입되는 순간이었다.

조두순 사건은 2008년 12월에 발생한 일인데, 당시에는 잘 알려지지 않았다가 이듬해 KBS 보도 프로그램 〈시사기획 쌈〉을 통해 세상에 알려졌다. 그때부터 줄곧 이 사건은 '정의(구현)'의 본질과 대한민국 사법체계, 특히 양형 문제에 대한 논란을 낳아왔다. 물론 그 논란은 여전히 현재진행형이다. 성범죄, 특히 아동을 상대로 한 범죄에 사형이나 종신형 또는 천문학적인 징역형을 선고하는 외국과 비교해볼 때 조두순의 12년은 터무니없이 짧다는 비판이 쏟아졌다.

무엇보다 그 12년 이후에 조두순이 다시 사회로 돌아온다는 사실에 국민들은 경악할 수밖에 없었다. 그런 극악무도한 범죄를 저지르고도 불과 12년 만에 복귀한다니…… 사람들은 분노와 불안을 떨쳐내지 못했다.

특히 피해자 가족은 그의 출소가 임박해오자 원래 살던 집을 떠나 다른 곳으로 이사까지 가야 했다. 같은 안산 시내로 돌아오는 조두순이 보복을 할까봐 두려워서였다. 굳이 물리적 보복이 아니더라도, 피해자와 가해자가 지근거리에서 거주한다는 것 자체가 보복이고 2차 가해일 수 있다. 피해자는 끝내 사회로부터 제대로 된 보호를 받지 못한 셈이다.

그들을 대신해서 조두순을 응징하겠다는 사람들이 등장한 것도 국가가 제 역할, 즉 보호자 역할을 하지 못하기 때문이다. 물론 그들의 방법 또한 옳지 않았고 일부는 유튜브 돈벌이에 이용하려는 행태를 보여 눈총을 사기도 했다. 그럼에도 일부 네티즌들이 그들에게 지지를 보낸 것은 국가 공권력과 사법체계에 대한 불신 때문일 것이다.

관청에서는 조두순의 출소일이 가까워져서야 부산히 움직이기 시작했는데, 대부분 조두순을 보호하기 위한 조치이거나 거주지 인근 주민들을 임시방편으로 안심시키려는 조치였다. 피해자와 그 가족을 보호하기 위한 근본적 조치는 눈에 띄지 않았다. 본질을 놔둔 채 곁가지 대책들에만 막대한 사회적 자본이 투입되었다.

조두순의 주거지인 경기도 안산시의 윤화섭 시장은 그의 석방 전날 YTN과의 인터뷰에서 이렇게 말했다.

"시민 안전을 지키기 위해 행정력을 총동원하고 있습니다. 오늘부터 특별 방범초소를 운영하는 등 만반의 준비에 나섰습니다."

중앙정부가 사실상 손을 놓다시피 하고 있는 사이, 관할 지자체에서는 급한 대로 조두순 출소에 맞춰 보안시설들을 대대적으로 확충했다. 기존 3,600여 개 CCTV 외에도 비상벨과 안면인식기가 장착된 211개의 CCTV를 추가 설치했고, 2021년까지 3,800여 개를 더 설치하겠다고 했다. 조두순 집 주변으로는 별도의 감시 초소와 인력이 배치되었으며 안산 전역의 공중화장실 108개소 520여 칸에 비상벨이 설치되었다.

이 모든 것이 사실상 조두순 한 명 때문이었다. 하지만 이렇게 부산을 떤다고 떨어도 시민들의 분노와 불안은 해소되질 않았다. 우리 사회는 스트레스만 잔뜩 떠안은 채 조두순의 귀환을 맞았다.

조두순 출소 1년여 전부터 여론은 이미 들끓기 시작했다. 형량을 추가로 늘리지 못한다면 별도의 보호수용법이라도 제정해달라는 국민청원이 전개됐다. 징역을 연장 못하는 대신 일정 시설에서의 추가 격리, 즉 완충기라도 마련해달라는 요구였다. 조두순 그가 과연 교화가 된 채로 돌아오겠냐, 우리 사회가 그를 맞을 준비가 제대로 되어 있냐 등 회의적 물음에 맞닿아 있는 목소리였다.

국회에서는 급한 대로 '조두순 감시법'을 만들어 처리하기도 했는데 특정 시간대 외출 금지, 일정 반경 내 이동 제한 등의 통제조치를 담았다. 그러나 그 어떤 대책도, 조두순이 지역사회로 돌아와서 우리와 함께 살아간다는 사실의 본질을 희석시키지는 못했다.

사건이 처음 불거진 그날부터 이미 대한민국 형사 및 사법체계에 대한 보완은 우리 사회에 큰 숙제로 던져졌다. 그러나 아무도 그 숙제를 이행하지 않았다. 이 사건을 처음 취재해 세상에 알린 KBS의 박진영 기자는 2009년도에 이미 "국민들이 납득할 대책과 양형 기준이 나와야 한다"(2009년 10월 1일자 〈오마이뉴스〉 인터뷰)고 했다.

하지만 달라지는 것은 아무것도 없었다. 사건이 한창 화제가 될 때는 정치권에서 앞다퉈 논평들을 쏟아냈지만 보여주기 식이고 숟가락 얹기일 뿐이었다. 박 기자는 "말잔치뿐"이라고 꼬집었다. 정치인들의 말잔치란, 늘 그렇듯 행동으로 이어지지 않고 말에서 끝나버리곤 한다.

박진영 기자는 당초 1심에서 검찰이 무기징역을 구형했는데도 재판부가 형량을 깎아준 것이 첫 단추를 잘못

끼운 일이었다고 비판했다. 사법부에 원천 책임이 있다는 의미였다. 검찰도 항소를 포기함으로써 일찍이 손을 놓아버렸다. 사건이 널리 알려진 이후에도 입법·사법·행정부 할 것 없이 이 일을 그저 휘발성 화제 정도로만 소비하고 얼렁뚱땅 넘어가는 모습이었다.

박진영 기자는 당시 경찰, 검찰, 법원, 여성부, 보건복지부 등 유관 기관들이 모두 참여하는 '통합 태스크포스'를 만들어 근본 대책을 논의해야 한다고 역설했지만, 정부는 귀담아 듣지 않았다. 출소 이후의 사회적 혼란에 대해서도 미리 대비해야 한다고 호소했으나 공염불이었다. 결국 10여 년 전에 그가 힘주어 외쳤던 말들은 메아리 없는 울림이 되었고 우리 사회에 통한으로 남게 되었다.

"형량이 길고 짧은 문제를 떠나서, 언젠가는 가해자 조씨가 (석방돼) 나올 것이다. 그때 어떻게 할 것인지가 중요하다. 처벌 이후의 (추가) 재활이나 교화 없이는 형량이 12년이든 15년이든 (유사) 사건이 재발할 것이다."(박진영 기자 〈오마이뉴스〉 인터뷰)

그가 말한 '언젠가'는 생각보다 빨리 왔다. '어떻게 할 것인지'를 준비하지 않은 채로 12년 세월은 허망하게 흘러갔다. 손 놓고 흘려보낸 그 12년은 곧 우리 사회가 잃어버린 시간이다. 그 허비의 결과가 2020년 12월의 그 소란이었다.

#09
N번방, 알릴 용기

"진실을 알면, 그걸 세상에 알릴 용기는 있고?"

〈낭만 닥터 김사부〉라는 드라마에서 주인공 한석규가 했던 대사이다. '아는' 것과 '알리는' 것은 분명 다른 일. 자신이 알게 된 것을 남들에게 알리는 일에는 어떤 식으로든 에너지가 필요하고 경우에 따라선 담대한 용기가 요구된다.

자신의 손해를 기꺼이 감수하려는 내부 고발자, 보복 위협에 맞서는 범죄 신고자, 거악을 파헤쳐내는 저널리스트, 그 저널리스트들보다도 때로는 더 뛰어난 시민기자들…… 모두 그러한 용기를 갖춘 사람들이다. 알리는 용기, 진실을 세상과 공유하려는 용기 말이다.

2020년 한국 사회를 발칵 뒤집은 이른바 'N번방' 사건을 세상에 처음 알린 것도 용감한 대학생 시민기자들이었다. 그들은 잠입 취재까지 불사해가며 진실을 파헤쳤다. 아동 성 착취 영상을 비롯해 각종 불법 콘텐츠들을 조직적으로 제작 유통하던 일당을 그들은 두려워하지 않고 근접 취재했다. 아니, 두려웠겠지만 알려야 한다는 사명감으로 용기를 냈을 것이다.

이른바 '추적단 불꽃'으로 이름 붙여진 그들은 온라인 메신저 '텔레그램' 상의 음란물 유통 실태를 최초로 공론화시킨 주역이다. 대학생 탐사취재 공모전에 참가하려고 자발적 활동을 시작한 것이 결과적으로 메가톤급 파장을 낳았다.

2019년 여름에 그들은 성폭력 영상을 공유하는 대화방이 존재한다는 사실을 알게 되었고 회원으로 잠입해서 실체에 접근해갔다. 이어, 자신들이 알아낸 정보를 기성 언론사에 제보하고 수사기관에도 신고함으로써 세상 밖으로 끄집어냈다. 제22회 국제앰네스티 언론상에서 관련 기사를 지면에 실었던 〈한겨레신문〉은 본상을, 그리고 그 원천을 제공했던 '추적단 불꽃'은 특별상을 받았다. 2020년 4월부터 경찰은 그들에 대한 신변보호에 나섰다.

국회에서는 이른바 'N번방 방지법'들이 대거 제정됐다. ▷성폭력범죄의 처벌 등에 관한 특례법 개정안 ▷형법 개정안 ▷범죄수익은닉의 규제 및 처벌 등에 관한 법률 개정안 ▷정보통신망 이용촉진 및 정보보호 등에 관한 법률 개정안 ▷전기통신사업법 개정안 등 여러 법안에 전방위적인 대책들이 포함됐다.

세상이 미처 모르던 사실을 기꺼이 용기 내어 알린 결과가, 이렇게 거대한 사회적 변화로 이어진 것이다. 이런 용감한 시민기자들 앞에서 우리 기성 언론인들은 숙연해질 수밖에 없다.

조금 다른 이야기이긴 하지만 코로나19의 존재를 처음 폭로한 중국 의사 리원량李文亮도 그런 '알리는 용기'가 특출났던 인물이다. 그는 코로나19 환자를 치료하다 본인도 감염돼 세상을 뜨고 말았지만 전 세계에 큰 울림을 남겼다. 2019년 연말 우한에서 퍼지기 시작한 바이러스의 위험성을 최초로 경고한 그는 이로 인해 중국 정부로부터 심한 탄압을 받았다.

그는 자신이 일하던 우한 시내 병원에서 기침·고열 환자들에 대한 검사 자료를 접하게 되는데 아무래도 증세가 평범치 않음을 감지하고 공론화에 나선다. 관련 정보를 동료 의사들과 공유하고 SNS로도 알리기 시작했다. 그러자 중국 당국은 리원량이 유언비어를 퍼뜨려 사회질서를 해친다며 경위서를 쓰게 하고 나중에는 공안 수사도 받게 했다. 뒤이어 법정에 기소까지 해버렸으니 의인을 죄인 취급한 셈이다.

그러나 바이러스 확산세가 점점 심해지면서 당국도 더이상은 사실을 축소하지 못했고, 중국 국민들은 리원량을 영웅으로 추앙하기 시작했다. 여론의 압박을 받은 사법당국은 리원량과 그의 동료들에게 별 수 없이 무죄를 선고한다. 괴담 유포자로 몰렸던 의인들이 비로소 명예를 회복하게 된 것이다.

그들은 여전히 통제가 작동하는 나라 중국에서 그 통제의 공포에 정면으로 맞섰던 사람들이다. 진실을 알리고자 했던 그 용기가 코로나19의 실체를 조금이라도 더 빨리 세상 밖으로 끄집어냈으리라 본다.

만일 그들이 처음 용기를 냈을 때 중국 정부도 기꺼이 진실을 전파하려는 용기를 내줬더라면 어떠했을까? 그랬다면 바이러스가 전 세계로 걷잡을 수 없이 번지기 전에 조금이라도 더 신속한 대응이 가능하지 않았을까? 그렇게 본다면 리원량보다도 용기가 절실했던 쪽은 사실 중국 정부였을 것이다. 내부의 어두운 문제를 스스로 인정하고 바깥에 공표할 수 있는 용기 말이다.

용기에도 여러 종류의 용기가 있겠지만, 무서운 상대와 맞서 싸우는 것만큼 어려운 것이 자신의 오점을 있는 그대로 드러내는 용기이다. 그러므로 참회와 고백에 적극적인 사람은 진짜로 용기가 있는 사람이다.

\#

2020년 3월 'N번방 사건'을 맡았던 재판부가 교체되는 일이 있었다. 과거 재판 사례에서 성인지 감수성 논란을 빚었던 판사에게 사건이 배당되었다며 40만 명이 넘는 시민들이 청와대에 국민청원을 넣었다. 국민이 직접 법관 교체를 요구한 것이다. 청와대에는 실질 권한이 없었지만 부담을 느낀 판사가 스스로 사임 의사를 밝혔고, 서울중앙지방법원은 재판부를 형사20단독에서 형사22단독으로 재배당하였다.

흔치 않은 일이었고 순전히 민의의 힘으로 만들어낸 변화였다. '추적단 불꽃'이 '알리는' 용기를 발휘하였다면 우리 국민들은 이를 '바꾸는' 용기로 이어받은 것이다.

#10
반성문으로 속죄가 되나요?

"참된 반성은 그 반성으로 인해 주어지는 것이 아무것도 없더라도 (반성)하는 것이다."

2021년 초 온 국민을 경악케 했던 '정인이 사건'과 관련해, 가해자인 양모가 반성의 뜻을 밝혔다는 소식이 전해지자 관련 기사 아래에 달린 댓글이다.

'진짜 반성은 대가를 바라고 하는 것이 아니다.'

혹시라도 양모가 그 반성을 빌미로 감형 같은 혜택을 노리는 걸까봐 노파심을 드러낸 말이었다. 이 댓글은 해당 기사에서 가장 많은 공감을 얻어 베스트 댓글로 등극했다.

범죄자들 중에는 실제로 재판정에서 반성 의사를 부각시키거나, 아예 판사 앞으로 반성문을 써 보내며 감형을 도모하는 경우가 많다. 반성문이라는 걸 일종의 법률적인 도구로 이용하고 있는 셈이다.

표준국어대사전에서 반성문의 뜻을 찾아보면 다음과 같이 풀이된다. '자신의 언행에 대하여 잘못이나 부족함을 돌이켜 보며 쓴 글.'

반성이란 예로부터 인간을 짐승과 구별하여 주는 중요한 윤리덕목 가운데 하나이다. 그러나 반성을 표현하는 행위 자체에 죄를 사하는 기능까지 포함되는 것은 아니다. 사전적 의미로만 보아도 반성문이라는 단어에 '면죄'의 뜻이 들어 있지는 않다. 반성문은 죄를 '면하기' 위하여 쓰는 게 아니라 죄를 그저 '인정하기' 위해 쓰는 글, 자기 잘못을 겸허히 반추하는 고백에 지나지 않는다(사실 진짜로 반성하는 게 맞는지에 대해서도 본인 말고는 검증할 도리가 없다).

반성문에는 더러 '용서를 구한다'는 직접적인 청도 담기지만 그건 어디까지나 옵션일 뿐이다. 용서를 해주고 말고에 대한 선택권은 오직 피해 당사자에게만 있다. 가해자에게 주어진 유일한 권리가 있다면 그것은 오직 반성뿐이다. 죄를 인정하고 참회하겠다는 그 선택권만이 유일하다.

그럼에도 대한민국의 사법부는 이 반성문을 종종 법적 판결에 독자적으로(실은 독단적으로) 반영하곤 한다. '가해자 대 피해자'라는 근본 구도로 따져볼 때 반성과 사과의 수용 여부는 오로지 피해 당사자에게만 있는 것일진대, 우리나라 재판관들은 흔히 자기 앞으로 보내온 피고의 반성문을 받아들여 흔쾌히 감형의 근거로 녹여 넣는다. 피해자는 아직 용서를 못 했다는데, 가해자로 하여금 응당한 법적 대가를 치르게 하고 싶다는데, 그걸 무시하고 판사가 자의적으로 용서, 즉 형량을 감해주는 것이다.

과연 그럴 권한이 법관들에게 있을까? 그간 사법부가 오랜 관행처럼 해온 일일지는 몰라도 이제는 근본 물음을 던져봐야 한다. 법관들은 신인가? 그들은 전지전능하며 단죄와 속죄의 모든 권한을 가진 존재들인가?

2020년 12월 11일, 돈을 주고 열다섯 살 소녀를 상대로 성을 매수한 50대 남성에게 실형이 아닌 집행유예가 선고됐다. 서울동부지방법원은 아동·청소년성보호에 관한 법률 위반 혐의로 징역 1년이 구형된 쉰일곱 살 A씨에 대해 집행유예 2년을 선고했다. 가두지 않고 사회로 풀어준 것이다. 판결문에는 '범행을 인정하고 반성한다' '동종 전력이 없다'는 등의 참작 사유가 판시되었다. 반성하므로 어느 정도 봐줄 수 있다는 판단이 들어간 것이다.

재판부는 A씨의 죄질 자체에 대해서는 분명 다음과 같이 적시했다.

"성적 욕망을 해소하기 위해, 성에 대한 인식이 정립되지 않은 청소년의 성을 매수했다. (중략) 청소년의 성을 사는 행위는 가치관이 성립되지 않은 청소년의 성장을 가로막고 사회의 올바르고 건전한 성문화 정착에도 악영향을 끼친다. 죄책이 가볍지 않다."

판시대로라면 소녀는 '성장이 가로막히는' 등의 심대한 피해를 입었는데 그 대가를 치러야 할 가해자는 '반성'으로 실형을 면한 셈이다. 과연 죗값을 제대로 치른 거라 볼 수 있을까? 피해 소녀는 사건 이후에 지적장애 판정을 받았다.

또 다른 사건을 보자.

2018년 10월 4일 경남 거제의 한 선착장에서 신장

180센티미터가 넘는 건장한 청년이 폐지를 줍던 여성을 다짜고짜 때리기 시작했다. 환갑이 가까운 초로의 여성이었다. '묻지 마 폭행'은 무려 32분 동안 이어졌다. 가격 횟수만 72회에 이른다. 피해자는 불과 132센티미터의 작은 키에 몸무게가 31킬로그램밖에 나가지 않는 왜소하고 힘없는 장년 여성이었다. 그 몸으로 영문도 모른 채 날아드는 매질의 충격을 견디지 못했고 결국 사망하고 말았다.

체포된 남성 박모 씨는 "술에 취해 아무것도 기억나지 않는다"고 주장했다. 경찰은 당초 살인이 아닌 과실치사 혐의를 적용했는데 검찰이 기소 과정에서 살인으로 바꾸었다. 그러자 박씨는 사건 한 달 뒤 재판부 앞으로 선처를 호소하는 반성문을 보낸다.

"아버지를 일찍 여의고 아르바이트로 어머니와 누나를 부양하며 생활하다가 최근 입대를 앞두고 심리적 압박을 느꼈습니다."

만취 상태라 심신이 미약했다는 주장도 물론 포함됐다. 사실 이런 종류의 사건에서 가해자들이 흔히 써먹는 단골 레퍼토리이기도 하다. 반성문 내용이 언론을 통해 알려지자 여론은 더욱 분노했다. 절대로 그에게 감형을 베풀어서는 안 된다는 국민청원이 사흘 만에 20만 건을 돌파했다. '심신 미약 감형' '주취 감경' 등의 판결이 내려졌던 전례에 대해서도 새삼 비난이 쏟아졌다.

죄 지은 자의 '미약함'에 방점을 두는 판관들에게 나는 묻고 싶었다. 사람이 죽을 정도로 주먹질을 가한 180센티미터의 청년이 과연 '미약'한가, 아니면 그에게 무방비로 맞다 숨진 쉰여덟의 여성이 더 '미약'한가? 어느 미약함을 우리는 보호해야 하는가?

그러나 1심 법원은 또 감형을 택했다. 창원지법 통영지원은 1년 뒤 내린 판결에서 검찰이 구형한 무기징역 대신 징역 20년을 선고했다. 재판부가 밝힌 정상 참작의 사유는 다음과 같다.

"피의자가 형사재판을 받은 전력이 없는 초범인데다 한 가정의 가장 역할을 하고 있으며, 죄를 인정하고 반성하는 모습을 고려했다."

법원은 초범이고 가장이고 반성을 표했다는 범인을 굽어살폈지만, 범인은 연약하고 선량하고 고통을 호소하는 피해자를 굽어살피지 않았다. 피해자가 맞으면서 살려달라고까지 외쳤는데도 범인은 멈추지 않았다. 그런 가해자의 '반성'이 이번에도 통한 것이다.

일명 '어금니 아빠'로 악명을 떨친 이영학도 반성문 덕을 본 사례이다. 그는 미성년자 성추행 및 살인 등의 혐의로 기소된 뒤 1심에서 사형을 선고받았지만 항소심에서 무기징역으로 감형됐다.

그 과정에서 재판부에 10여 차례 반성문을 써 보낸 것으로 알려졌다. 항소심 재판부는 형량을 깎아주면서 여지없이 이렇게 판시했다.

"피고인이 반성하고 있는 데다, 사형을 선고하는 건 가혹한 측면이 있어……"

'중곡동 주부 살인사건' 서진환의 경우도 마찬가지이다. 그는 이른 아침에 아이들을 어린이집에 등원시키고 돌아온 주부를, 숨어서 몰래 기다리고 있다가 살해했다. 현관이 열린 집에 미리 잠입해 성폭행을 도모하다가 강한 저항에 부딪치자 잔혹하게 해친 것이다. 서진환은 이미 강도·강간 등으로 전과 11범이었으며 전자발찌까지 찬 상태에서 이 일을 저질렀다. 출소한 지 채 열 달도 안 된 시점이었다.

그래놓고도 서진환은 1심에서 사형이 선고되자 재판부 앞으로 반성문을 써 보낸다. 그걸 받아든 항소심 재판부는 "잘못을 뉘우치는 의사를 '부족하게나마' 밝혔다"며 무기징역으로 감형해줬다. 판사 앞으로 보낸 그 반성문에는 당연히 온갖 공손한 말들이 담겨 있었겠지만, 실제 경찰조사 과정에선 다음과 같은 말을 내뱉었던 자가 바로 서진환이다. "많이 겁탈해봤지만 그렇게 반항하는 여자는 처음이었다." 살인을 정당화하고 피해자에게 책임을 돌리려는 극악무도한 발언이 아닐 수 없다.

이런 사례가 되풀이될 때마다 여론은 분노한다. 온라인 댓글 등에는 냉소와 한탄이 잇따른다.

"한국에서 범죄를 저지르려면 일단 '취한' 상태여야 하고, 붙잡힌 다음에는 '반성문'을 써내면 된다."

이런 식의 자조적인 말까지 돌았다. 인권을 범죄자에게만 보장하고 정작 피해자와 유족의 인권은 무시한다는 비난도 쇄도했다.

포털 검색어 입력창에 '반성문 대필'이라는 말을 쳐보라. 수사·재판 과정에서 필요한 반성문을 쓰는 요령을 알려주겠다는(혹은 대신 써준다는) 업체들이 수두룩하게 뜬다. 반성문을 아예 감형의 의례적 수단으로 삼아서 통용하고 있다는 이야기이다.

건당 몇만 원의 수고비만 내면 얼마든 반성문 대필이 가능하다는 신문 기사도 게재되었다('반성문 열 번 쓰면 살인범도 감형된다? 5만 원 반성문 대행도 성행', 〈조선일보〉 2018년 11월 6일자). 기사에 따르면 한 법률사무소는 "어려운 가정형편 혹은 부모를 부양해야 하는 사정, 범행 당시의 상황을 반성하고 앞으로는 하지 않겠다는 다짐 등을 포함하라"고 범죄자에게 조언하기까지 했다. 우리가 그동안 무수히 보아온 그 레퍼토리 아니던가.

실제로 변호사들 사이에서는 유무죄를 다투는 단계를 벗어나 거의 유죄 쪽으로 굳어지는 분위기가 되면, 그 단계부터는 신속히 '반성문 모드'로 전환해야 한다는 일종의 전략 같은 것이 있다. 물론 반성은 그 자체로 나쁜 일이 아니다. 진정으로 뉘우치고 사죄하는 뜻이 담겼다면 반성문 자체를 비난할 건 없다.

그러나 그 반성문은 판사가 아닌 피해자 앞으로 먼저 보내는 게 맞다. 그에 따른 용서와 감형의 권리도 법관에 앞서 피해 당사자에게 있다고 보는 것이 합리적이다. 만일 법관이 자기 앞으로 온 반성문을 굳이 감형의 사유로 삼고 싶다면, 그는 먼저 피해자에게 편지를 보여주고 동의를 구해야 할 것이다. 이 반성문으로 마음의 상처가 조금이라도 덜어지는지, 그렇다면 형량에 그걸 반영해도 되겠는지, 동의를 해줄 수 있는지, 우선 물어야 할 것이다. 그게 가해자보다 피해자를 더 배려하는 인간으로서의 기본 태도이다.

인기리에 방영되었던 드라마 〈경이로운 소문〉에서 극중 유준상 배우는 이렇게 말한다.

"하여간 가해자 케어는 (우리나라가) 세계 최고야."

그러자 그와 단짝으로 나온 염혜란 배우가 다음과 같은 대사로 또 고개를 끄덕이게 한다.

"사과는 센 놈한테 하는 게 아니라 잘못한 상대한테 하는 거야."

미국에서 몇 해 전 수많은 체조선수들을 성추행 및 성폭행한 악명 높은 주치의 '래리 나사르 사건'이 있었다. 그 역시 재판부 앞으로 반성문을 보내 선처를 호소하였다. 그런데 담당 판사는 법정에서 그 반성문을 읽다가 가차없이 집어던져 버렸다.

"이 반성문에는 피해자를 향한 어떤 참회의 흔적도 보

이지 않습니다."

판사는 래리 나사르에게 징역 175년을 선고했다.

#11

마동석에 열광하는 이유

한국 영화계의 보석 같은 배우 마동석의 필모그래피는 의외로 단순하다. 출연한 작품 편수는 많지만 연기한 캐릭터들이 대체로 비슷하기 때문이다.

　그럼에도 우리는 그의 새 작품이 나올 때마다 늘 귀가 솔깃해지고 그가 보여주는 대동소이한 캐릭터에도 기꺼이 열광할 준비가 되어 있다. 마동석의 독보적인 이 흡인력은 과연 어디서 오는 것일까?

　마동석이 영화 속에서 주로 소화해온 캐릭터 유형을 한 마디로 정의하자면 '법보다 주먹'이다. 그는 법의 손길이 미치지 않는 곳에서 본인의 독자적인 힘으로 악인들을 응징한다. 대표작 〈범죄도시〉에서는 형사로 나오긴 했지만 정상적인 법 집행보다는 주먹을 앞세운 무력으로 범죄자들을 제압했다.

　드라마와 영화로 모두 제작된 〈나쁜 녀석들〉에서는 본인이 범죄자이면서 공권력에 협조해 자기보다 더 악질인 흉악범들을 잡아들인다. 당연히 그의 전매특허인 주먹이 전면에 나선다. 또 〈악인전〉과 〈이웃사람〉에서는 경찰이 못 잡는 연쇄살인마를 본인의 힘으로 직접 찾아내 처단하고 만다.

　〈성난 황소〉에서는 암흑가를 빠져나와 착실하게 살아가는 인물이었지만 어느 날 아내가 납치를 당하자 이내 곧 과거의 야수로 돌아간다. 그가 깡패들을 가차 없이 쓰러뜨리면서 아내를 구해낼 때 관객들은 열광한다. 영화

속 공권력은 매번 제 구실을 못하는데 바로 그 점이 마동석의 매력을 더 부각시킨다.

마동석의 이러한 캐릭터들을 보며 관객이 열광하는 건 일단 카타르시스 차원, 일종의 대리만족이다. 힘없는 소시민들 입장에서 보면, 악당에게 전혀 위축되지 않고 오히려 압도적으로 제압해버리는 마동석의 모습은 시원스럽게 속을 긁어주는 면이 있다.

동시에, 현실에서는 법이라는 공권력조차 그러지를 못한다는 사실, 악인들을 응징하기는커녕 피해자조차 제대로 보호해주지 못한다는 사실이, 판타지에 가까운 마동석의 캐릭터에 강력한 흡인력을 부여한다. 마치 대리만족을 느끼듯, 관객들은 마동석에게 기대고 있는 거나 마찬가지이다.

'법 없어도 살 사람'이라는 말이 있는데, 흔히 그렇게 불리는 착한 사람들은 사실은 법 없이는 살 수가 없는 사람들이다. 그들을 보호해줄 법조차 없다면 어디 생존 자체가 되겠는가? 그토록 순하고 착하기만 한 사람들이 이토록 험한 정글 세계에서 말이다.

악당이 우글거리는 이 지옥도 같은 현실에서 선한 사람들이 법의 보호조차 없이 살아남을 방도는 사실상 없다고 봐야 한다.

그런데 막상 그 법마저 제대로 보호 기능을 하지 못한다면 착한 사람들은 과연 누굴 믿어야 할까? 어디에 기대고 어느 품으로 숨어야 하는 걸까? 그 답이 잘 떠오르지 않을 때 결국 찾게 되는 건 마동석 같은 가상의 집행자이다.

사실 마동석의 캐릭터야말로 '법 없이도 살(살아남을) 사람'이다. 압도적인 무력으로 스스로를 지킬 수 있기 때문에 그는 적어도 영화상에선 법의 보호가 필요 없는 사람이다.

그러나 나머지 소시민들은 스스로를 지킬 힘이 없으므로 영원히 '이불 밖은 위험한' 세상이다. 마동석의 캐릭터가 인기를 끈다는 건 그러한 불안감이 팽배해 있다는 반증이고, 이 사회가 제대로 법치 역할을 못 한다는 증거이다. 법이 법다운 노릇을 못 하기 때문에 그 법 바깥에 선 제3의 집행자에게 매력을 느끼는 것이다.

따지고 보면 그런 존재에 의지하는 것이 바람직하거나 정상적인 상황은 아니다. 제대로 돌아가는 사회, 믿을 만한 사회, 살기에 안전하다고 느껴지는 사회라면 그런 치외법권의 힘에 열광할 이유가 없다. 그렇지 못한 사회란 느낌이 들기에 마동석은 어쩔 수 없이 우리의 히어로가 된 것이다.

〈경이로운 소문〉이라는 드라마가 인기를 끈 요인 가운데 하나도 그런 응징의 미학에 있을 것이다. 초능력을 가진 사람들이 악당을 가차 없이 혼쭐내준다는 설정에서 힘없는 소시민들은 일시적인 위안과 카타르시스를 느끼게 된다.

이 드라마의 주인공들이 가진 초능력도 그렇고 마동석이 가진 주먹도 그렇고, 사람들을 열광시키는 데는 바로 그런 이유가 있다. 가해자를 엄단하고 피해자를 지켜주는 사회 시스템이 미흡하다고 느껴질 때, 그 시스템 밖에서 별도의 응징 시스템이 가동하기를 시민들은 내심 응원하는 것이다.

조두순의 출소를 앞두고 몇몇 유튜버가 응징을 예고했을 때 제법 많은 네티즌이 지지를 표명한 것도 그러한 연유이다. 이런 현상은 사회 질서라는 측면에서 결코 바람직하진 않다. 법을 믿지 않고 법 바깥의 무언가에 의존하는 경향이 확산되면 결국 불법이 용인되고 무법이 사회 기류가 될 것이기 때문이다.

그러니 이 시대 선량한 시민들이 제도를 벗어난 단죄에 열광하는 현상을 법 집행자들은 유심히 살펴야 한다. 과연 자신들이 이끌고 있는 이 사회가 약자들을 제대로 보호해왔던가? 죄 지은 자들을 합당하게 처벌하고 계도해왔던가? 겸허히 돌아보고 자성할 일이다.

과연 이 사회가 약자들을 제대로 보호해왔던가?
죄 지은 자들을 합당하게 처벌하고 계도해왔던가?

#12

소방관의 기도

"왜 술을 안 줘!"

이 터무니없는 항의 끝에 남자는 불을 질렀다. 2020년 11월 25일, 두 명이 숨지고 아홉 명이 다친 서울 공덕동 모텔 화재의 발단이었다. 경찰에 체포된 방화 용의자는 60대 투숙객. 새벽 2시경 모텔 주인에게 술을 달라고 요구했다가 거절당하자 홧김이랍시고 방화를 저질렀다. 결과는 열한 명의 사상. 어이없는 참극이었다.

몇 년 전에도 비슷한 일이 있었다. 2018년 1월 20일 서울 종로. 술에 취한 50대 남성이 여관에서 성매매 여성을 불러달라고 떼를 쓰다 숙박 자체를 거절당하자 역시나 홧김에 불을 질렀다. 투숙객 여섯 명이 숨지고 다섯 명이 다쳤다.

방화는 극악이다. 사소한 이유로 시작됐다 해도 결과는 결코 사소하지 않다. 돌이킬 수 없는 재앙으로 이어진다. 절대로 용서받지 못할 일이다.

화재는 인적 재난 가운데 가장 많은 유형을 차지한다. 사망만 따로 분류하더라도 화재로 인한 사망은 모든 사고사 가운데 운수(교통)·추락·익사에 이어 네 번째로 많은 비중을 차지한다(최현석,《인간의 모든 죽음》, 서해문집 참고). 화재 인명사고의 대부분은 탈출 기회가 있었다고 책의 저자는 말한다. 그 탈출 기회를 스스로 내려놓기도 하는 사람이 바로 소방관들이다.

내가 목격한 가장 끔찍한 방화 사건은 2001년 3월에 있었던 서울 홍제동 화재였다.

3월 3일에서 4일로 막 넘어가던 새벽, 주말 밤의 평화로움 속에서 봄눈이 소담스럽게도 내리던 날이었다. 나는 그날이 근무 비번이라 오랜만에 친구를 만나 술잔을 기울이고는 밤늦게 잠들었다. 그런데 새벽녘부터 전화벨이 요란스럽게도 울려댔다. 띠리링 띠리링! 국번 781로 시작하는 익숙한 번호는 여의도에 있는 우리 회사였다.

"네. 박주경입니다."

"튀어나와!"

"회사로요?"

"홍제동! 일단 택시부터 잡고. 홍제동 콜 한 다음에 다시 연락해!"

"무슨 일……"

"불! 사람이 죽었어! 소방관 여섯 명! 최대한 빨리 가!"

새벽 3시 47분에 발생한 이 불은 방화였다. 무너지는 연립주택 건물에 사람을 찾으러 들어갔다가 소방관 여섯 명이 순직했다.

불을 지른 건 그 건물 주인의 아들이었다. 그는 방화 직후 현장에서 달아났지만 소방관들은 범인인 그가 건물에서 못 빠져나온 줄 알고 끝까지 찾으러 들어갔다가 변을 당하고 말았다.

범인의 어머니는 자기 아들이 방화범인 줄도 모른 채 '내 아들 좀 찾아달라'고 울부짖었고, 그 호소를 들은 소방관들은 화마의 두려움을 정면으로 껴안은 채 불길 속으로 진입했다.

건물은 매정하게 무너졌다. 생떼 같은 소방관 아홉 명이 매몰되었고 그 가운데 여섯 명이 숨졌다. 그들을 기리는 충혼탑이 서울특별시 소방학교에 세워져 있다.

나는 그 방화범의 범행 동기는 기억나지 않는다. 기억하고 싶지도 않다. 그러나 그를 구해내겠다고 건물 속으로 뛰어들었던 소방관 여섯 명의 영정 사진은 기억 속에 선명하다. 그 앞에서 오열하던 유가족의 모습도 잊히지 않는다.

통상 이런 참극이 발생했을 때 기자들에겐 숙명적으로 빈소를 취재하라는 명령이 떨어지는데, 그것은 기자의 모든 하달 임무 중에 최악의 일이다. 고통으로 몸부림치는 유가족 앞에 카메라와 마이크를 들이대는 건 사람으로서 차마 못할 짓이다. 그럼 어떻게 그 임무를 완수할수 있느냐? 사람이기를 잠시 포기해야 한다. 나는 그 시절 그렇게 일했던 것 같다.

어떤 사고의 유가족은 쌍욕을 하면서 쫓아내기도 하고, 어떤 유가족은 멱살을 잡으려고도 한다. 또 어떤 유가족은 하염없이 눈물만 흘리기도 하고, 간혹 어떤 유가족은 할 말이 있다며 마이크 앞에 선다. 그 마지막 케이스를 위해 기자는 앞선 모든 냉대의 사례들을 각오하고 빈소로 진입한다.

"혹시…… 하시고 싶은 말씀이라도."

그날 이 영웅들의 가족은 누구도 취재진을 매몰차게 대하지 않았다. 한 집안의 가장이고 누군가의 아들이고 남편이었던 고인의 삶을 담담하게 전해주었다.

숨진 여섯 명의 소방관은 다들 한창 나이였다. 영정 속 장정들의 얼굴은 매끈하고 아름다웠다. 화마에 이지러지지도, 연기에 그을리지도 않은 맑고 건강한 얼굴들…… 마치 춘삼월 그날 밤에 내리던 눈처럼, 떠나는 겨울이 흩뿌리고 가는 마지막 인사처럼, 고인들은 하늘로 올라가는 와중에 잠시 빈소로 내려앉아 하얗게 웃고 있는 것 같았다.

소방장 박동규 / 소방교 김철홍 / 소방교 박상옥
소방교 김기석 / 소방사 장석찬 / 소방사 박준우

그날 홍제동 화재 현장에서 순직한 소방관들 이름이다. 나는 그날 이후로도 20년을 더 기자로 살아오면서 언젠가 한 번은 그들의 이름을 글에 남기고 싶었다. 고 김철홍 소방교의 책상에 놓여 있던 시 한 편도 덧붙여서. 액자 속에 들어 있던 그 시의 제목은 〈소방관의 기도〉(작자 미상)였다.

신이시여,
제가 부름을 받을 때에는
아무리 뜨거운 화염 속에서도
한 생명을 구할 수 있는 힘을 주소서.

너무 늦기 전에 어린아이를
감싸 안을 수 있게 하시고
공포에 떠는 노인을 구하게 하소서.
언제나 집중해서 가냘픈 외침까지도
들을 수 있게 하시고,
빠르고 효율적으로 화재를 진압하게 하소서.
저의 임무를 충실히 수행케 하시고
제가 최선을 다할 수 있게 하시어
이웃의 생명과 재산을 보호하게 하소서.

그리고
당신의 뜻에 따라
제 목숨이 다하게 되거든
부디
은총의 손길로
제 아내와 아이들을
돌보아주소서.

#13

다시 지옥으로
돌아가는 아이들

'어떻게 죽여야 살인입니까!'

2020년 12월 14일 서울남부지방검찰청 앞으로 배달된 근조 화환에는 위와 같은 문구가 적혀 있었다. 양모로부터 학대를 당하다 숨진 16개월 입양아 정인이 사건 수사에 항의하는 시위였다. 검찰은 이때만 해도 양모를 살인죄가 아닌 '아동학대 범죄의 처벌 등에 관한 특례법 위반(아동학대치사)' 혐의 등으로 구속기소했다.

분노한 시민들은 검찰청사 앞으로 근조 화환 50여 개를 보내 항의 시위를 벌였다. 화환마다 '양부모는 살인범!' '살인죄로 기소하라!' 등의 문구가 쓰여 있었다. 대한아동학대방지협회를 비롯한 유관단체들도 검찰에 청원서를 제출해 살인죄 기소를 요구했다. 수개월에 걸친 지속적 학대 끝에 정인이를 숨지도록 한 건 분명 살해 의도가 담긴 행위였다고 주장했다.

정인이는 사망 당시 소장과 대장, 췌장 등 여러 장기에서 다발적 손상이 확인되었다. 뒤늦게 여론에 떠밀린 검찰은 2021년 1월 13일 재판 과정에서 부랴부랴 공소장을 변경해 혐의를 살인으로 바꾸었다.

이 사건은 당초 언론에 비실명으로 보도되었다가 2021년 초 SBS 〈그것이 알고 싶다〉에서 피해아동의 이름과 사진을 공개한 뒤 이른바 '정인이 사건'으로 공식화됐다. 해당 방송은 큰 사회적 파장을 낳았고 온 국민의 충격과 애도가 이어졌다.

공인과 인플루언서 등을 중심으로 '#정인아미안해' 해시태그 운동이 전개되기도 했다. '방탄소년단' 멤버 등이 동참하면서 나라 밖으로까지 번졌다.

이 사건을 초동 수사했던 서울 양천경찰서는, 부실 수사에 대한 시민들의 항의로 업무가 마비되고 홈페이지가 다운되는 등 곤혹스러운 대가를 치렀다. 그래도 그들은 두고두고 정인이에게 미안해해야만 한다.

태어난 지 16개월밖에 안 된 정인이는 2020년 10월 13일 온몸에 멍이 든 채로 서울 목동의 종합병원 응급실에 실려 왔다. 하지만 응급 치료도 소용없이 끝내 숨지고 말았다. 사인은 외력에 의한 복부 손상 등이었다. 양천경찰서는 양부모를 붙잡아 조사한 끝에 학대 정황을 밝혀냈다. 그러나 사후약방문, 완벽하게 늦은 조치였다.

정인이가 학대를 당하는 것 같다는 신고는 이미 2020년 5월과 6월, 9월 세 차례에 걸쳐 접수되었다. 그런데도 경찰은 정인이를 부모로부터 분리시키지 않고 사실상 방치해두었다가 결과적으로 이러한 비극을 낳았다.

특히 9월에 발생한 세 번째 신고 건은 씻을 수 없는 통한으로 남는다. 당시 정인이는 심각한 학대에 시달려 체중까지 급격히 감소한 상태였는데, 그걸 보고 걱정이 된 어린이집 교사가 인근 병원으로 데리고 갔다. 정인이를 진찰한 의사는 학대 정황이 보인다며 경찰에 신고했다. 이때가 마지막으로 정인이를 구할 수 있었던 골든타임이었다.

　그러나 경찰은 이번에도 정인이를 양부모에게 다시 돌려보냈다. 보육교사와 의사, 이렇게 두 명의 전문가가 동시에 학대 의혹을 제기했는데도 손을 쓰지 않은 것이다. 경찰은 피해아동 긴급분리 제도도 활용하지 않았다.

　결국 집으로 돌아간 정인이는 한 달 뒤에 숨을 거뒀다. 9월의 그 신고는 정인이를 살릴 마지막 기회였는데 허망하게 날아간 셈이다.

　경찰청은 훗날 부실 대응의 책임을 물어 양천경찰서 관계자들을 줄줄이 징계했다. 3차 신고뿐 아니라 1, 2차 신고를 처리했던 경찰관들에 대해서도 책임을 물었다. 그러나 이런 모든 조치들 또한 사후약방문일 뿐 숨진 정인이를 되살려내지는 못한다.

　경찰은 그 어떤 징계와 법적 처벌로도 이 비극에 대한 책임을 다 질 수가 없다. 숨진 정인이는 자기 대신 보상이나 배상을 받아줄 가족조차도 세상에 존재하지 않는 아이이다.

　정인이 사건은 구조적으로도 예고된 참사나 다름없었다. 제도상의 허점들로 인해 언제 어디서 누구에게 일어날지 모를 일이었다.

　정인이 사건이 불거지기 넉 달 전, 6월 10일 아침에 내가 했던 뉴스의 앵커 멘트로 돌아가보자. 정인이 사건과는 직접적으로 무관한 다른 보도였지만 이미 정인이의 비극을 예고하고 있다.

"몇 해 전에도 아동 학대 사건들이 집중적으로 불거지면서 여러 대책들이 논의된 바 있는데 전혀 달라진 게 없습니다. 최근 또다시 가슴 아픈 사건들이 잇따르고 있습니다. 무엇보다 '피해' 아동을 '가해' 부모에게 다시 돌려보내는 시스템이 제일 문제인데, 정치권에서 이 문제를 얼마나 등한시하는지, 지난 국회에서 발의만 했다가 폐기시켜 버린 법안들의 목록만 봐도 알 수 있습니다. 김빛이라 기자의 보도입니다."

김빛이라 기자는 앵커 멘트 뒤에 이어진 리포트에서, 반복되는 학대 문제의 보다 근본적인 원인을 짚고 있었다. 그것은 바로 부실한 법체계와, 그 법을 고치지 않는 위정자들의 직무유기였다. 정부 부처나 국회가 이 고질적인 문제를 인지하지 못한 것이 결코 아니다. 알면서도 고칠 의지가 없었던 것이다.

통과시키진 않았지만 수차례 법안을 발의했다는 것은, 정치인들이 아동 학대의 심각성을 충분히 알고 있었다는 방증이다. 20대 국회만 해도 상습 학대의 뿌리를 뽑겠다는 법안이 30여 건이나 발의되었다. 격리 조치와 친권 제한 등을 강화하고 아이들을 돌볼 보호시설을 확충하겠다는 등 갖가지 대책들이 담겨 있었다.

그러나 빛 좋은 개살구였을 뿐, 어느 법안 하나 최종 처리된 것이 없다. 심지어 상임위 논의조차 없었던 것들이

부지기수이다.

그러는 사이 집으로 돌려보내져 재 학대를 당한 사례는 2018년 한 해 동안에만 2,500건이나 신고가 들어왔다. 신고하지 않은 미인지 사건은 그보다 몇 곱절일 것이다. 신고한다 한들 결국 다시 집으로 돌려보낸 사례가 10건 중 8건 꼴이었다고 리포트는 지적했다. 80퍼센트의 피해아동들이 지옥 속에 방치되었던 셈이다.

정치인들이 손보지 않았던 기존 아동복지법은 아무리 심각한 학대가 있더라도 피해아동을 가정으로 복귀시키는 것을 우선시해왔다. 어떻게든 수습이 마무리되면 최대한 빨리 부모에게 돌려보내는 걸 무슨 절대 원칙처럼 삼아왔던 것이다. 조사 과정에서만 잠시 분리시킬 뿐, 부모의 해명이 끝나면 빛의 속도로 아이를 부모, 아니 가해자들 품에 떠안긴다.

이는 한국 사회 특유의 '원가정주의'와도 무관치 않다. 어떤 경우에라도 부모가 아이에 대해 절대적 권한을 갖는 것처럼 보장하는 이 가치관은 결과적으로 아이를 부모의 소유물로 전락시키기도 한다. 학대라는 범죄 사건에 있어 그런 가치관을 적용하는 것은 참극이다. 아이를 학대한 부모는, 부모이기 전에 범죄의 가해자이다.

교화되지 않은 가해자에게 피해자를 접촉시킨다는 건 있을 수 없는 일이다. 학대당한 아이를 학대한 부모에게 다시 돌려보낸다니, 그것은 마치 폭행·강도·강간 사건의 피해자를 가해자의 집으로 들여보내는 거나 마찬가지이다. 참변은 예고된 일 아니겠는가. 돌아온 아이를 더 세게 학대해서 숨지게 만든 사건들은 결국 제도가 낳은 비극에 다름없다.

무엇보다 그 모든 학대 사건에서 가해 부모에게 다시 돌아가야만 했던 아이들의 심정은 어떠했을까? 그 절망과 공포는 감히 상상하기도 무참하다. 세상에 아무도 나를 도와줄 사람이 없다는 막막함, 이 세상이 나를 완벽하게 등졌다는 고립감…… 그 고통을 끌어안고 집 안으로 돌아가면 아이를 기다리는 건 2차·3차의 폭력이었을 것이다.

세상 모든 '정인이들'에게 이 사회는 두고두고 미안해 해야만 한다.

"어떻게 죽여야 살인입니까?"

#14

악의 뿌리에 관하여

열세 명을 살해하고 스무 명에게 중상을 입힌 정남규는 감옥에서 자살로 생을 마감했다. 연쇄살인으로 사형을 선고받았지만 법이 자신을 단죄하지 못하도록 스스로가 죽음을 집행한 셈이다. 그가 저지른 죄악의 마지막 화룡점정이었다.

정남규는 검거되고 나서도 현장검증 과정에서 피해자의 유족에게 폭력을 시도하는가 하면, 방송 카메라를 향해 씨익 하고 웃는 표정을 지어 보이며 경악을 자아내게 했다.

2006년 4월 서울 시흥동 주택가에서 진행된 현장검증은 그의 악마성을 세상에 여지없이 드러낸 계기였다. 정남규는 자신에게 물건을 던지며 항의하는 유가족에게 발길질로 맞대응했고, 이송 차량에 탑승해서는 차창 밖 취재진을 노려보며 기괴한 웃음을 지어 보였다.

또 경찰 조사 과정에서는 "천 명을 죽이려 했는데 실행 못해서 억울하다"고 주장하기도 하고, 재판정에선 피해자들에게 미안한 생각이 전혀 없다고 당당히 말했다.

'담배는 끊어도 살인은 못 끊겠다.'

그는 이와 같은 내용의 편지를 판사에게 보내기도 했다. 전형적인 사이코패스였다. 돌아보기도 싫은 그의 극악한 범죄들 가운데는 본인이 어려서 당했던 것을 그대로 재연한 사례도 있었다. 성장 과정에서 본인도 힘없는 피해자로서 겪었던 범죄들을 나중에 성인이 되어 똑같은 방식으로 무고한 약자들에게 행한 것이다.

그는 아마도 '돌려준다'라고 생각했을지 모른다. 말하자면 그만의 '범죄의 재구성'이었을지도.

1969년 어느 시골에서 태어난 정남규는 아버지의 폭력 밑에서 성장한다. 초등학생 시절에는 이웃 남성에 의해 산으로 끌려가 성폭행을 당한 일이 있다고 프로파일러에게 진술했다고 한다. 뿐만 아니라 고교 시절에도 선배들로부터 성추행을 당했고, 군대에서는 구타를, 감옥에서도 성폭력을 겪은 것으로 전해진다.

심리상담 전문가인 김미숙 광운대 겸임교수는 정남규가 타인에게 가졌던 분노와 적개심이 범죄로 이어졌다고 분석했다(한국사회안전범죄정보학회 기고 논문 〈가정환경이 연쇄살인에 미치는 영향 : 연쇄살인범 유영철, 강호순, 정남규를 중심으로〉 참고).

특히 2004년 부천에서 초등생 두 명을 야산으로 끌고가 성추행 및 살해한 사건이 있었는데, 이는 자신이 어린 날 겪었던 범죄를 거의 똑같이 재연한 사례이다. 차이가 있다면 어릴 적 정남규는 살해당하지 않고 살아남았다는 것뿐이다.

이 모방 사건은 정남규에게 일종의 분수령이자 신호탄이 되어, 그날로부터 본격적인 연쇄범죄가 이어진다. 2년 동안 무려 서른세 명이 숨지거나 다치는 참극이 빚어지고 말았다.

정남규 사건은 기본적으로 용서받을 수 없는 악행이 본질이겠지만, 범행 유형을 분석하는 과정에서는 여러 해석과 화두가 제기됐다. 특히 그가 '타고난 사이코패스'인가, 아니면 '후천적으로 길러진 범죄자'인가를 놓고 논란이 있었다. 유년기와 청소년기에 본인이 겪은 상처를 타인에게 되돌려주듯 가해한 범죄들로 인해 정남규의 행동은 자연스럽게 그의 과거와 연결지어 해석되었던 것이다.

범죄로 유명세를 떨친 사람 중에는 이처럼 유년에 겪은 피해와 상처의 경험을 진술한 경우가 제법 많다. 무려 스무 명을 살해한 연쇄살인범 유영철도 가학적인 아버지 밑에서 자란 것으로 알려졌고, 폭력을 업으로 삼는 조폭들도 그런 경우가 많다.

예컨대 '양은이파'의 두목이었던 조양은은 자신의 회고록《어둠속에 솟구치는 불빛》에서, 어린 시절 아버지가 무서운 매질을 자주 가했고 더러는 자신을 나무에 매달아놓은 채 몽둥이를 휘둘렀다고 회상했다.

물론 범죄의 폭력성이라든가 가학성에 어떠한 정당한 사유도 부여될 수는 없다. 피해자가 존재하는 한 모든 가해는 그 자체로 위악이다. 섣불리 용서받거나 합리화되어서는 안 된다.

그러나 우리가 한 가지 생각해볼 것은 인간은 길러지는 존재이자 학습하는 존재라는 점이다. 폭력적인 부모는 자신이 키우는 아이에게도 똑같이 폭력적인 성향을 물려줄 가능성이 있다.

또한 약자를 범죄로부터 보호하지 않고 되레 2차 폭력만 가하는 사회는 그 약자마저도 또 다른 범죄의 가해자로 만들지 모른다.

따지고 보면 하늘에서 그냥 뚝 떨어지듯, 땅에서 불쑥 솟듯 저 홀로 발생한 범죄는 없다. 인간의 모든 행동에는 뿌리가 있고, 그 뿌리는 자신의 부모, 형제, 친구, 학교, 지역사회에 골고루 맞닿아 있다. 가늘고 희미하게 이어진 뿌리라 해서 결코 우습게 여겨서는 안 된다. 세상 모든 거악은 작은 뿌리에서 움트는 법이다.

영화 〈조커〉는 그 극단적인 사례를 잘 그려낸 작품이다. 사회적으로 학대·방임을 당하고 살던 주인공은 끝내 그 자신이 악의 집행자가 되어 세상을 상대로 일종의 보복에 나선다. 물론 정당화될 수 없는 일이지만 우리는 그의 이야기를 접하며 악의 뿌리라는 것을 생각해보게 된다.

뿌리는 땅 속 깊이 박혀 잘 보이지 않지만 어느 순간 줄기와 가지로 엄청난 에너지를 밀어 올린다. 향기를 품은 꽃이든 독을 지닌 열매든 뿌리로부터 올라온 것이다. 때가 되면 세상 위로 반드시 불거지고 마는 인과업보因果業報 아니겠는가.

그래서일까? 영화 〈다크나이트〉 속 조커의 다음 대사

는 의미심장하고 섬뜩하다.

"광기란 무중력 같아.
그저 한번 쓱 밀어만 주면 튀어나가지."

#15
상처 입은 존엄성

"넌 나에게 모욕감을 줬어."

영화 〈달콤한 인생〉의 이 명대사는 사람이 모욕을 느꼈을 때 얼마나 격렬한 복수심에 사로잡히는지를 상징적으로 보여준다.

모욕의 또 다른 말은 '존엄의 훼손'일 것이다. 스스로의 존엄성에 치명상을 입었다고 느꼈을 때, 찢긴 존엄을 다시는 봉합할 수 없다고 생각할 때, 인간의 마음은 극한의 분노로 치달을 수 있다.

사실 영화 속에서 이 대사를 뱉은 캐릭터(배우 김영철 분)보다 더욱 큰 상처를 입은 인물은 상대역인 배우 이병헌의 캐릭터(김선우 역)였다. 그는 7년을 충성했던 보스로부터 난데없이 인간 이하의 극단적 처우를 받으며 죽음의 문턱으로 내몰린다. 결정적인 실수로 보스에게 모욕감을 줬다지만 그 대가치고는 너무나 가혹한 일들을 당했다.

집에 누워 있다가 납치를 당하고, 끈에 묶여서 거꾸로 매달리고, 온몸을 흉기로 훼손당할 뻔하고, 그것도 모자라 산 채로 구덩이에 파묻혀 암매장을 당하기도 한다. 운이 좋아 살아 돌아오긴 했지만 그 모든 과정에서 김선우는 엄청난 모욕감, 인간으로서의 존엄이 철저히 짓밟히는 수모를 느꼈을 것이다. 그래서 총을 들고 보스를 찾아가 따져 묻는다.

"저한테 왜 그랬어요? 말해봐요!"

그에 대한 대답이 바로 "넌 나에게 모욕감을 줬어"였

다. 두 남자는 자존감을 놓고 대치하고 있었던 것이다.

인간에게 자신의 기본적인 존엄성을 훼손당했다고 느끼는 것만큼 큰 상처가 되는 일은 없다. 존엄이란 남과 내가 똑같이 귀한 존재고, 그러므로 인간관계와 사회활동 등에서 탄압받거나 차별받지 않음을 의미한다.

하지만 현실에서 우리는 이른바 갑과 을의 부당한 관계 설정이라든가 크고 작은 불공정 대우를 경험하면서 수시로 존엄성을 침해당하는 느낌을 받으며 산다. 그렇게 입은 상처는 육체적 상처와 달리 시간이 지난다고 쉽게 봉합되는 것이 아니다.

이 사회 도처에 만연한 갑질, 부동산과 사교육 등으로 고착되는 불평등, 채용비리 등으로 기회의 싹을 쳐버리는 불공정 경쟁 구도…… 지금 우리 시대에는 개인의 존엄을 해치는 구조적, 환경적 요인들이 너무나 많다.

따지고 보면 그러한 것들도 일종의 사회적 재난일 것이다. 사람들에게 정신적 충격과 스트레스로 작용하고, 그것이 대중이 겪는 보편적 증상으로 자리 잡으면 그때는 사회 공동의 질환이 되기 때문이다.

이 병의 가장 큰 부작용은 적대와 혐오이다. 처음에는 개인적 무기력감과 열패감 정도로 싹트지만, 심해지면 서로를 적대시하고 혐오하는 기류로 번질 수 있다. 적대와 혐오는 곧 갈등과 충돌로 이어지고 어떤 식으로든 파괴와 손실을 낳을 테니 그야말로 사회적 재난이 아닐 수 없다. 물리적 사고나 재해처럼 통계 수치로도 환산되지 않는, 어찌 보면 더 무서운 재난인 것이다.

정직하고 착한 사람들마저도 성실하게만 살다가는 본인만 손해 볼 거라는 조바심 그리고 소외감이 커질 경우 나중에 가서는 자기도 모르게 새치기라든가 불공정, 갑질, 편법, 도박 같은 것들을 하나의 생존 방식으로 채택하게 된다.

예컨대, 오랜 기간 부동산 폭등 현상을 지켜봐야 했던 서민들이 뒤늦게라도 앞뒤 안 가리고 투기에 발을 담그는 건 그런 맥락이다. 또 평소 직장과 학교 등에서 윗사람의 갑질에 시달려온 사람이 나중에 아랫사람을 상대로 똑같은 태도를 취하는 것도 그런 연유이다.

'나만 손해 볼 순 없어' '나만 바보 취급당할 순 없어' 이런 심리가 하나의 기류가 되어 사회 전반으로 확산될 경우 그 사회는 이미 전쟁터나 다름없다. 언제 어디서 불공정, 갑질, 편법의 칼날이 날아들지 모르기 때문이다. 리베카 솔닛의 책 《이 폐허를 응시하라》를 보면 다음과 같이 그 현상을 설명하고 있다.

만일 당신의 안녕이 나의 안녕과 무관하거나 오히려 나의 안녕에 방해가 된다고 생각한다면, 당신의 재산을 빼앗아 나의 재산을 증식시키고 내 행동을 자연의 법칙이라고 정당화하는 것이다.

(중략)

이렇게 해서 나날의 생활이 사회적 재난이 된다.

이러한 기류가 극단으로 표출된 사례들을 보려면 온라인 댓글이 제격이다. 예컨대 부동산 기사라든가 주식 관련 게시판을 보면 '너 죽고 나 살자'를 넘어 아예 '네가 죽어야 내가 산다'라든가 '네가 죽으니 내가 즐겁다(고소하다)'는 식의 패륜적 언사가 난무한다. 남의 불행이 곧 나의 행복이고, 나의 불행을 남 탓으로 돌리는 이 기류는 적대의 끝판 단계이다.

서로가 서로를 적으로 삼는 이 기류야말로 한 사회의 가장 심각한 전염병, 곧 팬데믹이 아닐까? 존엄을 반복적으로 훼손당한 사람들은 결국 남의 존엄도 잘 인정하려 하지 않는다.

사람의 자존감을 가장 맥없이 무너뜨리는 것은 무엇보다도 박탈감이다. 양극화라든가 불평등, 불공정 사회 구조가 요즘 평범한 사람들에게 박탈감을 대거 양산하고 있다. 물론 불평등 문제는 인류 고래로 피할 수 없는 구조적 현상이었지만 거기에 더해 어떤 '시스템적인 불공정' 문제까지 가미될 때 불평등은 더 이상 용인 가능한 범주를 넘어선다.

남보다 유리한 고지에서 불법·편법을 동원해 이익을 선취하는 내부자 거래, 혈연·학연·지연 등을 앞세운 권력의 대물림, 야비한 새치기, 권리만 누리고 책임은 피하려는 탈세, '기울어진 운동장'과 '그들만의 리그'를 고착화시키는 엘리트주의…… 이러한 모든 불공정 시스템이 불평등과 맞물려 대중의 박탈감을 키운다.

그리고 이 박탈감이 심화되면 혐오와 반목은 필연이 된다. 사회 전반의 기류가 증오나 시기로 채워진 곳에서는 살 떨려서 도무지 살기가 어렵다. 나중에는 정당하게 이룬 것마저 질시와 공격의 대상이 될 수 있고, 공정·불공정의 경계마저 희미해질 것이다.

최근 집값 급등으로 "못 살겠다"는 탄식이 쏟아지는 것은, 정말로 살 집을 못 구해서 괴로운 측면도 있거니와, 동시에 상대적 박탈감에서 오는 괴로움 또한 크게 작용한다고 봐야 한다. 정치하는 자들은 항시 이 문제를 위중하게, 본인들이 평소 생각했던 것보다 훨씬 더 심각하게 받아들여야 한다.

얼마 전 한 정부 관료와 사석에서 만났던 동료 기자가 이런 후일담을 전해준 적이 있다. 부동산을 둘러싼 상대적 박탈감 문제를 화제로 꺼냈더니 그 관료는 도무지 이해할 수 없다는 반응을 보이더라는 것이다.

"아니 왜 굳이 수도권의 다른 도시들 놔두고 꼭 서울 안에서 살려고 합니까? 과욕을 부려서 너도 나도 '인 서울'을 하려고 하니 스스로 괴로워지는 것 아닙니까?"

이렇게 말했다고 하는데, 필시 그 관료는 대중의 상대

적 박탈감이라는 정서를 이해하지 못하는 사람일 것이다. 아마도 평생 박탈감을 느낄 위치에 있어보지 않았기 때문일지도 모른다. 그런 모자란 공감능력을 가진 사람들이 정책을 좌지우지하는 자리에 포진해 있다면 부동산이고 뭐고 이 나라에서는 답이 없다.

평범한 서민들이 지금 가장 괴로워하는 본질은 '인 서울'을 못 하고 '부동산 대박'을 놓쳐서가 아니라 '정직하게 살았는데 나만 뒤처졌다'는 그 박탈감이라는 걸 명심해야 한다.

상대적 박탈과 더불어 인간의 존엄을 황폐화시키는 또 하나의 문제는 바로 '갑질'이다. 갑질로부터 받는 상처는 박탈보다도 치명적일 때가 많아 사람의 목숨을 좌지우지하기도 한다.

2020년 봄 아파트 경비원 최희석 씨가 극단적 선택으로 세상을 등진 것도 갑질 때문이었다. 입주민으로부터 상습 폭행과 폭언에 시달렸고, 심지어 화장실로 끌려들어가 코뼈가 부러질 정도로 맞기까지 하였다. 가해자는 경찰에 사건이 접수된 이후에도 좀처럼 갑의 자세를 굽히지 않았다.

고 최희석 씨가 음성메시지로 남긴 유서에는 당시의 고통스러운 심경이 이렇게 담겨 있다.

"맞아본 것이 생전 처음입니다. (제 나이가) 육십인데요. 막냇동생 같은 사람이 협박하고 때리고 감금시켜 놓고…… (중략) 꼭 ○씨를 강력히 처벌해주세요. 저같이 억울하게 당하다가 죽는 사람이 없도록…… (울음소리)."

2020년 12월 10일, 1심 재판부는 가해 입주민에게 징역 5년을 선고했다. 보복 감금과 폭행, 상해 등 일곱 가지 혐의가 유죄로 인정됐다. 재판부는 이례적으로 양형 기준의 상한선인 3년 8개월보다 더 높은 형량을 선고했다. 숨진 경비원이 집요한 괴롭힘 때문에 극심한 고통에 시달렸으니, 피고의 죄질은 그만큼 무겁게 다뤄야 한다고 판시했다. 재판부가 말한 그 '죄질'의 본질이 갑질이었다. 칸트의 말을 적어본다.

네 자신과 다른 모든 사람의 인격을
언제나 수단이 아닌 목적으로 대하라.
모든 사람은 인간이라는 이름에 합당한 존엄성을
서로에게 인정할 의무가 있다.

#16

'영끌'의 사회학

'영혼을 끌어 모아.'

이 말을 축약한 신조어 '영끌'이 요즘 유행이다. 좋은 의미로서의 유행이라기보다는 쓸쓸하고 부정적인 현상으로서의 유행일 것이다. 그 말 속에는 기본적으로 한탄과 냉소의 정서가 담겨 있다. 집을 살 때도 '영끌', 주식 투자를 할 때도 '영끌'…… 왜 사람들은 돈과 관련된 일에 영혼까지 끌어다 쓸 정도로 절박해졌을까?

부동산의 경우, 말할 것도 없이 우리는 최악의 몇 해를 보냈다. 정부의 온갖 대책들은 백약이 무효하다시피 했다. 코로나19 때문이 아니라 집값 때문에 더 힘들었다는 사람도 적지 않다. '부동산 투기를 잡겠다'는 정부의 말만 믿고 기다리다가, 매매·전세 할 것 없이 가격이 폭등하는 걸 지켜봐야 했던 서민들은 뒤늦게라도 빚을 내어가며 추격 매수에 들어갔다. 대출을 한계치까지 끌어 모으는 이 현상에 '영끌'이라는 수식어가 붙었다.

물론, 집값 폭등의 배경에는 정책 실패뿐 아니라 투기 세력이라든가 언론의 부추김 등 여러 요인이 있겠지만, 어쨌든 국민 입장에서 최근의 부동산 문제는 하나의 재난과도 다름없었다.

주식시장도 마찬가지이다. 폭락장만 재난이 아니라 급등장에서 소외되는 것도 '개미'들에겐 일종의 재난이 될 수 있다. 코로나19 대유행의 와중에도 종합주가지수가 최고치를 경신하고 해를 넘기면서도 그 랠리가 이어지자 '이제라도……'라는 추매 심리가 확산되었다. 증권사들이 고객에게 빌려주는 신용융자 잔액은 2020년 연말 기준으로 이미 19조 원을 넘어 사상 최고치를 찍었다. 빚내서 투자하는 이른바 '빚투'가 횡행한다는 얘기이다. 그 현상에도 '영끌'이란 말이 붙었다.

특히 20~30대 젊은 층의 증권계좌 신설이 폭증했다. 취업은 안 되고, 취업을 해도 내 집 마련의 희망 같은 건 안 보이고, 그러다보니 저마다 대출부터 받아 주식 투자에 뛰어들고 있는 것이다.

부동산이든 주식이든 이 같은 '영끌'의 배경에는 남들보다 한 발 늦었다는 조바심, 날 때부터 뒤처졌다는 박탈감, 그 모든 것들을 한 방에 만회하고자 하는 보상심리 등이 복합적으로 녹아 있다.

암호화폐 열풍 또한 이 사회의 거대 부조리들에 대한 개인들의 저항 차원이라고 보는 일부 시각도 있다. 경제학이 아닌 인문학적 관점에서의 접근법일 것이다.

최병일 한국고등교육재단 사무총장은 〈중앙일보〉 기고문(2021년 1월 26일자)에서, 기득권에 좌절한 젊은 층이 비트코인 투자에 몰린다고 진단했다. 롤러코스터처럼 아찔한 등락 장세임에도 점점 더 많은 청년이 뛰어들고 있다며, 그들에게 비트코인이란 기득권에 대한 분노와 반항의 표출구라고 해석했다. 그러면서 다음과 같은 부연설명도 덧붙였다.

"세계화의 혜택을 고스란히 가져가 기득권으로 군림한 기성세대에 비해, 청년세대는 직장에서 열심히 일하는 것만으로는 안락한 삶을 보장하는 부를 축적할 수 없음에 절망한다. 일자리 자체도 불안정하기 짝이 없다. 이제 평생직장·정년보장이라는 단어는 박물관의 기록마냥 낯설다."

　'영끌'은 '포모 증후군'과도 맞닿아 있는 현상이다. 포모FOMO는 'Fear of Missing Out'의 줄임말로, 나만 세상 흐름에 뒤처지고 있다는 공포와 불안감을 의미한다. 원래는 상업 시장에서 구매를 유발하기 위해 소비자를 조급하게 만드는 마케팅 기법을 일컬었지만 지금은 자본 시장에서 투자 심리를 자극받은 개인들의 조바심이 확산되는 현상으로도 통용된다.

　나만 빼고 다들 세상의 흐름에 잘 올라타는 것 같고, 나만 거기서 제외되어 홀로 자산 축적 기회를 놓치고 있다는 소외감이 이 현상의 핵심이다. 하버드와 옥스퍼드 대학 등에서는 이미 수년 전부터 이것을 사회적 병리현상의 하나로 주목하여 연구하고 있다.

　물론 '영끌' 행위가 사람에 따라서는 정당하고 합리적인 투자가 될 수도 있다. 거시적인 경제 흐름을 읽고 그 판단에 준거해서 투자한 거라면 부동산이든 주식이든 나쁠 게 없다. 세계적으로 풍부한 유동성에 주요 기업들의 실적까지 받쳐주면서 '대세 상승장'이라는 분석도 없지 않다.

그러나 동시에 거품론도 끊이지 않는다. 굴곡 없이 그저 오르기만 하는 시장은 없다. 오르락내리락 엎치락뒤치락 하며 그래프는 이어진다. 여유자금으로 투자한 사람은 그런 흔들림 속에서도 굳건히 견딜 수가 있지만, 땡빚을 내서 전 재산을 들이부은 사람은 변동성을 이겨내기 힘들다. '빚투'와 '영끌'이 위험한 이유가 여기에 있다.

영혼까지 끌어 모은다는 것은 자신이 원래 가지고 있는 자산과 역량을 총동원해도 물리적으로는 더 이상 안 되는 지경임을 의미한다. 그러니 대출을 최대한도로 받아서 막대한 빚을 내고, 그 빚에 자신의 영혼까지 갈아넣는다는 것이다.

또한 그것은, 빚내서 투자한 일의 결과에 자신의 영혼을(인생을) 걸겠다는 의미도 내포한다. 말하자면 '올인한다'는 뜻이다. 다른 모든 가치들은 제쳐두고 최우선적으로 '돈'의 미래에 자신의 운명을 내맡기겠다는 피동적이고 불안한 선택이 아닐 수 없다.

그 선택의 결과가 장밋빛이라면 상관없겠지만 행여 잿빛이라면 충격을 어찌해야 할까. 결과를 단정하긴 어렵다는 걸 '영끌'의 주인공들도 알 것이다. 다만 지금 시대에는 그 수밖에 없다는 판단이 그들을 벼랑 끝 선택으로 몰고 간다.

30대 연령층의 부채가 사상 처음으로 50대를 추월했

다. 통계청과 금융감독원, 한국은행이 발표한 '2020년 가계금융복지조사' 결과를 보면, 30대가 세대주인 가구의 평균 부채가 1억 82만 원으로, 50대 세대주 가구의 평균액 9,915만 원을 앞질렀다. 관련 통계가 작성된 2012년 이후 처음 있는 일이다.

특히 30대 연령층의 전년 대비 부채 증가율은 13.1퍼센트로 전 연령대를 통틀어 가장 높았다. 주식이든 부동산이든 젊은 층의 '빚투'가 급증했음을 보여주는 수치라고 〈조선일보〉는 조간 1면 머리기사(2020년 12월 18일자)로 보도했다.

한창 일할 나이의 세대가 이렇게 직업 활동이 아닌 '영끌'에 올인한다는 것은 결국 노동으로는 희망이 없다는 절망의 반증일 것이다. 정직한 노동을 통해서는 행복은커녕 공정한 대우조차 못 받는다는 절망감이 팽배해갈 때, 상처받은 영혼을 끌어 모아 투자 혹은 투기에 뛰어드는 이 현상은 해소되지 않을 것이다.

김인철 성균관대학교 명예교수는 〈조선일보〉와의 인터뷰에서 이렇게 말했다.

"2030 세대가 빚더미를 지고 인생을 출발하게 만드는 지금 같은 상황을 바꾸지 않으면 나라의 미래는 없다."

3장
상실의 계절

살아 있는 한 희망은 있다.

키케로Marcus Tulius Cicero

#17

종말론

코로나19가 한창 중국을 휩쓸던 시절, 새삼 화제가 되었던 일 가운데 하나가 바로 깨끗해진 공기였다. 미세먼지와 스모그가 사라진 자리에 맑게 갠 하늘이 펼쳐져 의외의 감동을 선사했다. 공장 등의 산업 활동이 일제히 멈추자 예기치 않은 선물이 우리에게 주어진 셈이다.

인도에서는 수백 킬로미터나 떨어진 도시에서 히말라야 산맥이 또렷이 보이기도 했다. 우리나라도 미세먼지가 눈에 띄게 사라져 모처럼 공기 걱정 없는 날들을 보냈다. 역병 때문에 온 국민이 괴로웠지만, 적어도 대기환경 하나는 좋은 시절이었다. 물론 그 선물은 아주 짧은, 시효가 분명한 선물이었다.

중국의 코로나19 상황이 안정되고 공장들의 생산 활동이 재개되자 여지없이 먼지는 심해지기 시작했다. 한동안 잊고 지냈던 대기 문제는 2020년 겨울로 접어들자마자 빠르게 고개를 치켜들었다. 12월 초부터 지독한 미세먼지가 한반도를 뒤덮는 날이 잦아졌고 우리는 비로소 잠시 잊고 있었던 현실 감각을 되찾았다.

'아! 우리 앞에 놓인 재앙이 코로나19뿐만은 아니지. 어차피 맘 놓고 호흡하기도 힘든 시대를 우리는 이미 살고 있었던 거지.'

이웃한 우리 입장에서는 중국이 대기오염의 온상으로 여겨지고 한국이 그 최대 피해국처럼 생각되지만, 사실

먼지와 관련한 문제는 중국이나 우리에게만 발등의 불이 아니다. 이미 인류 공통의 현안이라고 봐야 한다.

땅 넓고 좋은 자연환경에 인구밀도까지 낮은 미국에서조차 이제는 대기 문제를 심각한 위협으로 여기기 시작했다. 미국 국립대기연구소는 21세기 중반이 되면 미국인들이 스모그 때문에 본격적으로 고통을 받을 것이며, 악성 대기질에 시달리는 날이 지금보다 70퍼센트나 증가할 거라는 예측을 내놓았다.

21세기 중반이라고 해봐야 먼 미래의 이야기가 아니라 당장 20여 년 뒤에 닥칠 일이다. 또 2090년이 되면 안전의 범주를 벗어난 공기를 일상적으로 마셔야 하는 인구가 전 세계 20억 명에 이를 거라고 세계보건기구는 예측한 바 있다. 지구촌 서너 명 가운데 한 명 꼴로 건강에 치명적인 공기를 마시게 된다는 이야기이다. 지금 우리 세대의 아들딸들이 아직 살아가고 있을 시절이다.

더 끔찍한 시나리오도 있다. 대기오염과 지구온난화로 극지 빙하가 녹으면 영구동토 안에 동결돼 있던 고대 바이러스들이 되살아난다는 가설이다. 현생 인류가 한 번도 경험해보지 못한 그 병균들이 세상 밖으로 나와 인간과 접촉할 경우, 미처 항체를 보유하지 못한 현대인들은 속수무책으로 감염될 거라고 과학자들은 경고한다.

우리는 이제 수백만 년 전의 바이러스들까지 상대해야 되는 것인가? 상상만으로도 머리가 아프다. 가뜩이나 환경오염으로 더러워진 공기 속에 이런 치명적인 성분들까지 날아든다면 인류는 맘 놓고 숨조차 쉴 수 없는, 그야말로 '숨막히도록' 비참한 지경을 맞을지 모른다.

미래 상황을 가정한 SF나 스릴러 영화를 보면 사람들이 마스크로도 모자라 아예 방독면을 낀 채 생활하는 장면이 등장한다. 생각해보면 그것이 아주 터무니없는 과장과 허구만은 아닌 셈이다. 2021년 초 개봉한 국내 영화 〈승리호〉에서도 오염된 지구를 탈출하지 못한 사람들은 죄다 방독면을 끼고 생활하는데, 코로나19를 겪고 있는 우리에게는 더이상 낯선 풍경이 아니다.

코로나19가 지나가고 나면 식량 위기도 더 심각해질 거라는 경고가 잇따른다. UN 산하 세계식량계획에서는 이른바 '기근 바이러스'라는 개념을 제시했다. 코로나19 바이러스보다 더 무서운 굶주림의 팬데믹이 뒤이어 닥칠 거라고 한다. 데이비드 비즐리 세계식량계획 사무총장은 2020년 11월 14일 AP통신과 가진 인터뷰에서 "2020년보다 더 심한 최악의 식량 위기가 2021년도에 닥칠 것"이라며, 그것은 코로나19의 여파라고 말했다. 그 말은 사실로 입증되었다. 2021년 한 해 전 세계 곡물과 육류 가격은 기록적인 급등세를 보이며 인플레이션의 큰 축을 담당했다. 국내에서도 몇 달 새 수십 퍼센트씩 식자재 값이 올라 서민들의 장바구니 부담이 무거워졌다. 식량 빈곤국들은 훨씬 견디기 어려운, 그야말로 '생존'을 위협받는 수준이었을 것이다.

UN 산하 식량농업기구는 2020년, 최대 1억 3천만 명이 만성 기근에 빠질 거라고 전망했다가 코로나19가 창궐하자 그 수치를 대폭 상향 조정하기도 했다. 전염병 때문에 식량 생산과 공급 활동이 줄어 기아 인구는 최대 2억 7천만 명, 당초 예상보다 배 이상 늘게 될 거라고 관측을 수정하였다.

실제로 코로나19 절정기에 생산량이 급감하면서 농산물 가격이 급격하게 뛰어오른 지역이 많다. 예컨대 아프리카 남수단은 2020년 밀 가격이 무려 60퍼센트나 올랐고, 인도와 미얀마 등에서는 감자와 콩 가격이 20퍼센트 이상 뛰었다(〈동아일보〉 2020년 11월 16일자 파리 발 기사 '코로나보다 무서운 최악 식량위기 온다' 참고).

미국의 〈월스트리트저널〉은 이런 현상이 심화될수록 선진국이 식량 안보 차원에서 농산물 쟁탈전에 나설 것이기에 빈곤국의 기아는 점점 더 심각해질 거라고 예측했다. 어려운 나라들을 도와주기보다는 '내 밥그릇 챙기기'에 혈안이 될 거라는 우려이다. 코로나 백신 물량 확보를 둘러싼 국제사회의 각축전만 봐도 그런 냉혹한 현실은 얼마든지 유추 가능하다. 게다가 식량이 부족해진 나라에서는 국민들의 면역력까지 떨어질 테니 코로나19 같은 전염병에도 점점 취약해질 것이라고 신문은 진단했다. 바이러스 때문에 식량난이 심해지고, 그 식량난 때문에 바이러스에 더 잘 감염된다는, 그야말로 악순환이다.

코로나19는 식량 생산과 유통뿐 아니라 분배(나눔)의 여건도 악화시켰다. 사회적 거리두기 때문에 소외계층을 상대로 한 음식 나눔과 봉사활동 같은 것도 많이 줄었다. 2020년 한 해 동안 뉴스에는 도움의 손길이 끊겨 더욱 어려워진 이웃들의 사정이 자주 보도되었다. 코로나19가 휩쓸고 간 나라라면 어느 곳에나 '복지 사각'이 늘었을 것이다.

바이러스라는 존재의 이면에는 이처럼 우리가 미처 생각하지 못했던 제2, 제3의 위험 요인들이 숨어 있다. 그것들은 바이러스와 주거니 받거니 악순환을 형성하면서 인류에게 이중 삼중의 고통을 떠안길 수 있다. 따지고 보면 모든 재난재해는 어느 한 가지 문제에서만 비롯되는 게 아니라, 여러 병폐들이 쌓이고 맞물리다가 어느 임계점에 이르러서 극단의 형태로 분출되는 것일 테다.

인류의 종말 상황을 가정한 〈더 로드〉와 〈인터스텔라〉 같은 영화를 봐도, 무엇 하나 딱 집어서 멸망 요인을 특정하지 않고 관객들의 상상에 맡긴다. 그것은 아무래도 종말이 실제로 온다면 특별한 한 가지 요인 때문이 아니라 여러 복합적인 요인들에 의해 발생할 가능성이 높기 때문일 것이다.

한편 〈인터스텔라〉에서는 종말이 임박한 시점에서 인류가 가장 괴로워하는 문제로 '먼지'와 '식량' 두 가지를 암시한 바 있다. 공교롭게도 위에서 살펴본 두 가지, 즉 전문가들이 최근 잇따라 경고했다는 '대기 오염'과 '만성 기근', 이 두 문제와 일치한다. 생각할수록 섬뜩한 이야기이다.

#18

난리가 곧 일상

"올해는 망했어. 그냥 다 망했어."

2020년 한 해 동안 사람들 입에서 참 많이 나왔던 말이다. 그럴 때마다 한숨이 세트로 따라붙었다. 정말이지 여러모로 '망한 해'였다. 특히 여름엔 코로나19뿐 아니라 수마까지 덮치면서 대한민국은 이중의 재난 속에 갇혔다. 역병과 자연재해가 동시에 닥친 여름이라니 그야말로 최악이었다. 도무지 끝이 보이지 않는 전염병 사태 속에서 비까지 줄기차게 내렸다. 끝날 줄 모르고 쏟아지던 장대비는 결국 역대 최장 장마라는 기록을 낳았다. 그 빗속에 코로나 블루 현상도 더욱 심해졌다.

이런 장마를 겪다 보니, 아예 우리나라에도 본격적인 우기가 시작되는 건 아닐까 하는 생각마저 들었다. 동남아의 열대 국가들처럼 말이다. 2020년에는 심지어 6월도 아니고 5월부터 비가 잦아지기 시작했는데, 이후로 장장 석 달이 넘도록 그 현상이 이어졌다. 그야말로 비와함께 한 시절을 다 보낸 셈이다. 그토록 일상화된 비라니…… 우리는 지긋지긋하고 동시에 무서웠다.

코로나19로 인한 거리두기의 고충이 장마 때문에 더 가중되기도 했다. 바이러스뿐 아니라 비 때문에라도 밖으로 나가기 힘든 시절이었다. 그만큼 사람과 사람이 만나 교류하는 일은 2020년 여름 내내 어려웠다.

어디 사람뿐이랴. 우리는 자연과 교감할 기회도 많이 날렸다. 계절을 막론하고 역병과 궂은 날씨 때문에 1년

내내 갇혀 지내다시피 했으니 말이다. 아무래도 하늘이 뭔가 우리에게 단단히 벌을 내리는 것 같다는 생각도 해보곤 했다.

방송인이자 환경운동가인 타일러 라쉬가 쓴 책《두 번째 지구는 없다》를 보면 '6도의 멸종'이라는 말이 나온다. 지구의 평균 온도가 6도만 상승해도 모든 생물 가운데 95퍼센트가 멸종한다는 것이다. 매 1도씩 상승할 때마다 구체적으로 어떤 변화가 오는지에 대해서도 과학적 자료들을 인용해 설명해준다.

예컨대 평균 1도가 오르면 북극 얼음이 녹아 북극곰이 멸종한다. 2도가 올라가면 그린란드가 녹아서 그 영향으로 미국의 마이애미와 맨해튼, 중국 상하이 등 해안 도시가 일부 침수되기 시작한다. 이어 3도가 오르면 아마존 밀림이 사라지고 본격적인 생태 재앙이 닥치는데, 이때부터는 너무 끔찍해서 관련 자료를 읽기가 힘들 정도였다고 타일러는 말한다.

또 4도가 오르면 뉴욕시가 침수되고, 5도가 오르면 지구상의 모든 정글이 불타 사라진다. 그런 상황이 되면 탄소가 온통 대기를 뒤덮어 가뭄과 홍수 같은 재난이 더욱 가속화될 거라니, 그야말로 꼬리에 꼬리를 무는 악순환이다. 사람이 살 수 있는 지역도 남아나질 않고, 생존자들은 거주 가능 지역을 차지하기 위해 분쟁과 전쟁을 벌이게 된다. 그러다가 마침내 6도가 오르면…… 앞서 말했듯이 멸종, 혹은 지구 전체의 멸망이 기다리고 있다.

미국의 싱크탱크 연구원이자 베스트셀러 작가인 데이비드 월러스 웰즈는 그의 저서 《2050 거주불능 지구》(김재경 역, 추수밭, 2020)에서 아예 구체적인 시점까지도 제시하였다. 예컨대 앞서 언급한 '4도 상승'의 경우 2100년쯤이면 현실이 된다는 것이다. 물론 현재의 환경파괴 기조가 이어진다는 전제하에서이다.

그는 평균기온 4도가 오를 경우 침수뿐 아니라 열기와 사막화까지 더해져 아프리카와 호주, 미국, 남아메리카의 파타고니아 북부, 시베리아 남부 아시아 지역 등이 완전한 거주 불능 지역으로 바뀔 거라고 경고했다.

이것을 그저 가상의 시나리오로만 볼 수는 없는 것이, 이미 거주 불능의 공포가 현실로 다가온 나라도 있기 때문이다. 예를 들어 태평양의 키리바시라는 작은 공화국은 2014년도에 피지로부터 88억 원을 주고 섬 하나를 사들였다. 원래 키리바시는 30여 개의 환초 섬으로만 이루어진 나라인데, 영토의 상당수가 이미 해수면 상승으로 물에 잠긴 상황이었다. 결국 자국 내에서 국민들이 영영 거주할 수 없는 날을 대비해 탈출할 이주 구역을 미리 마련해둔 것이다.

그러나 옮겨간 섬에서 또 얼마나 살 수 있을지는 모를 일이다. 평균 기온이 2~3도 상승하는 시점이 온다면 그런 열대 섬들은 모조리 물 밑으로 사라질 가능성이 높기 때문이다.

가장 섬뜩한 경고는, 기온이 4도 오른 지구에서는 재난이 워낙 속출하다 보니 '재해가 곧 날씨(날씨가 곧 재해)'라는 도식이 형성될 거라는 예측이다. 윌러스 웰즈는 지금의 우리가 일기예보를 통해 비나 눈을 일상으로 받아들이듯이, 2100년쯤이면 홍수, 산불, 우박, 허리케인, 토네이도 등의 재난을 일상으로 껴안고 살게 될 거라고 경고했다.

혹시 그 2100년이 너무 먼 미래이고 나와는 전혀 무관한 이야기라고 느껴진다면 생각을 고쳐먹어야 할 것이다. 지금 태어나는 아이들이 채 여든 살이 되기 전, 다시 말해 우리의 아들딸 세대가 여전히 생존해 있을 때의 일일 테니 말이다(운이 좋으면 당신도 살아 있을 수 있다).

그래도 여전히 먼 얘기로만 느껴진다면 다음의 설명도 참고해보자. 《2050 거주불능 지구》에서 말하는 그 2050년이 되면(채 30년도 남지 않았다) 기후 난민의 수가 10억 명을 돌파할 것이고 세계적으로 천 개 가까운 도시에서 여름철 낮 최고기온이 평균 35도 이상을 유지할 거라고 한다. 35도의 폭염이 '특별한 더위'가 아닌 일상이 된다는 이야기이다.

섭씨 35도가 얼마나 견디기 힘든 날씨인지를 가늠하려면 1년 중 몇 번 발령되지 않는 '폭염 경보' 때를 돌아보면 될 것이다. 그런 날씨가 '보통'이 되어버리는 시점에서는 지구상에서 더위로 숨지는 사람이 한 해 25만 명에 이르고, 50억 명이 물 부족 위기에 처할 것이라고 저자는 경고한다.

문재인 대통령도 2020년 연말에 주재한 '2050 대한민국 탄소중립 비전 선언식'에서, 30년 뒤 한반도의 일상은 매우 달라질 것이라고 우려를 표명했다. "여름은 길어지고 겨울은 짧아질 것"이며 "폭염과 열대야 같은 극한 기후가 더 많이 늘어날 것"이라고 경고했다. 우리나라를 비롯한 120여 개국은 2년 전 '2050년 탄소 제로' 목표에 합의한 바 있다. 문 대통령은 한국도 이제 그 이행을 서둘러야 한다며 이 날의 선언식을 주최했다.

물론 지금까지 살펴본 경고들은 아직까지 가설일 수 있으며 작금의 환경파괴 기조가 계속 이어질 거라는 가정을 바탕에 깔고 있다. 그러나 획기적인 행동 변화가 없다면 그 모든 가정이 곧 현실이 되고 말 것이다.

사실, 2050년도까지 갈 것도 없다. 당장 2030년이 되면 기후 변화에 따른 각종 분쟁으로만 39만 명 넘게 목숨을 잃을 거라는 예측이 있다. 또 2045년에는 해수면 상승으로 미국에서 31만 채 이상의 주택이 침수될 거란 분석도 나왔다. 미 현지에서는 이미 해안 지역들의 부동산 시세를 재산정해야 한다는 전문가들의 의견도 들린다. 집 살 때 바다와 접한 멋진 전망의 주택이 더 이상 메리트가 아닐 수도 있다는 이야기이다.

사실 나는 위에서 열거한 모든 수치적인 데이터들보다도, 월러스 웰즈가 《2050 거주불능 지구》에 적은 다음의 경고 문장이 가장 섬뜩하게 느껴진다. 재해가 곧 일상이 될 거라는 예측과 맞닿아 있는 이야기이다.

　예전부터 인간은 날씨를 지켜보면서 미래를 예측하고는 했다. 하지만 앞으로는 날씨의 분노를 지켜보면서 과거의 업보를 기억하게 될 것이다.

최근 5년간 주요 기후 이변 사례들

2015년 3월 / 지구 이산화탄소 농도 400.83ppm, 처음으로 400ppm 상회

2016년 / 지구 평균기온, 20세기보다 1도 상승, 1880년 이후 가장 더운 해

2018년 8월 / 한국 관측 역사상 최악의 폭염(8월 1일 홍천, 41도)

2019년 9월 ~ 2020년 2월 / 호주 산불, 한반도 면적 85퍼센트 규모의 숲 손실

2020년 1월 / 한반도 이상고온 현상, 역사상 가장 따뜻한 겨울

2020년 10월 / 미국 캘리포니아 산불, 주민 10만 명 강제 대피령

2020년 여름 / 한국 관측 역사상 최장기 장마 (54일 연속)

참고자료 : 〈한겨레신문〉 2020년 12월 11일자 '파리기후변화협정, 그 후 5년'

※ 2021년에도 이상고온을 위시한 기후 이변은 마찬가지여서 그리스와 터키 등 남유럽의 산불이 2주 넘게 지속되었고, 북미와 시베리아 등에서도 대형 산불이 잇따랐다. 특히 시베리아는 워낙 추운 지대라 산불이 나지 않는 곳이었기 때문에 소방 장비와 인력조차 거의 배치돼 있지 않았는데, 그 바람에 산불이 한 달 넘도록 꺼지지 않는 대재앙으로 이어졌다. 기간을 떠나서, 시베리아에 산불이 났다는 건 눈이 녹을 정도로 기온이 올랐다는 얘기이고 그 자체로 이변 중의 이변이 아닐 수 없었다. 마찬가지로 캐나다 북부 지역은 여름에도 워낙 서늘한 곳이라 에어컨을 설치한 집이 거의 없었는데, 2021년 여름에는 낮 기온이 섭씨 49.6도까지 치솟으면서 7백여 명이 사망하는 참사를 낳았다. 곳곳에서 초대형 산불이 속출했고 폭염에 농작물이 타죽었다.

#19

불타버린 고향

자주 있는 일은 아니지만 방송기자들에게 육체적으로 가장 힘든 취재 가운데 하나가 산불 취재이다. 우선 산을 올라야 한다는 게 힘든 점이고, 그것도 뛰다시피 올라가야 하는 것이 더욱 힘든 점이며, 심지어 야간이라면 이루 말할 수 없이 난감한 상황이 된다.

뉴스 취재팀은 보통 3인 1조로 움직이는데 취재기자, 촬영기자 그리고 오디오맨이라 불리는 촬영 보조요원, 이렇게 세 사람이다. 촬영기자는 무거운 ENG 카메라를, 오디오맨은 더 무거운 트라이포트(삼각대)와 썬건(조명 및 배터리) 등을 들고 움직이며 산불처럼 특수한 상황에서는 취재기자도 그 장비 일부를 나눠 들어주는 것이 예의이다. 그러니 짐까지 짊어지고 캄캄한 산을 뛰어오르다 보면 새삼 퇴사의 유혹까지 스멀스멀 밀려든다는 게 허풍만은 아닐 것이다.

가장 난감한 상황은, 그렇게 힘겹게 올라갔는데 이미 불이 다 꺼져 있을 경우이다. 올라가는 사이에 진화가 완료되어 더 이상 취재할 것도 촬영할 것도 남아 있지 않으면 그야말로 헛고생만 한 셈이다. 그러나 취재팀 몸 고생 따위야 무슨 대수랴. 산불이 빨리 진화되었다는 것은 절대적으로 다행인 일이고 모두에게 좋은 소식이 아닐 수 없다.

참고로 이제는 드론 카메라를 날리는 시대이기 때문에 이런 식의 취재 방식도 '라떼는 말이야'가 되어버렸다. 산

정상에 불이 났다고 해서 그 꼭대기까지 직접 올라가 촬영할 필요가 더 이상은 없어졌다.

어쩌다 가까이서 보게 되는 산불은 공포 그 자체이다. 산불 현장에 진화나 취재를 가본 사람은 안다. 이미 수 킬로미터 밖에서부터 매캐한 연기 냄새가 목을 조여오고 현장에 도착하면 거대한 불길이 당장이라도 내가 있는 곳까지 덮쳐올 기세이다. 임야를 태운 매연은 온 하늘을 가릴 것처럼 광막하게 번진다.

그런 것들이 주는 위압감은 현장에서 직접 경험해보지 못한 사람은 알기 힘들다. 속수무책으로 번지는 산불은 재난 중에서도 가장 위험하고 극악스럽다. 최근 몇 년 사이 해외에서 벌어진 사례들을 보면 그 극단의 위험성을 실감할 수 있다.

2020년 미국 서부를 휩쓸었던 산불은 재산피해만 2백억 달러, 우리 돈으로 23조 원이 넘는 금액이었다(미국 샌디에이고 캘리포니아 대학 스크립트 해양연구소 자료 참고). 2만 제곱킬로미터, 우리나라 국토의 5분의 1에 해당하는 면적이 타버렸다. 50만 명이 긴급 대피했고 미처 탈출하지 못한 30여 명이 목숨을 잃었다. 수백 채의 집들이 흔적도 없이 사라졌다.

소방관들이 진화에 투입된 사이, 그 소방관의 자택마저 불에 타버렸다는 안타까운 소식이 전해지기도 했다. 그만큼 속수무책이었다는 얘기이다. 몇 날 며칠에 걸쳐 온통 주황색으로 물들었던 캘리포니아의 하늘 풍광은 전 세계 사람들에게 낯선 공포감을 안기기도 했다. 가히 종말론적인 풍경이었다. 심지어 이 산불의 영향은 대서양 건너 유럽 대륙에까지 미쳐, 8천 킬로미터나 떨어진 영국의 하늘까지 주황색으로 물들이기도 했다.

호주에서도 근래 초대형 산불이 잇따랐는데, 불길을 피하지 못한 코알라들이 나무에 매달린 채로 타 죽고, 구조된 코알라들은 얼이 빠진 듯한 표정으로 사람이 건넨 물을 벌컥벌컥 들이마시는 모습이 외신으로 보도된 바 있다. 가슴 아픈 풍경들이다.

우리도 2019년에 초대형 산불을 겪었다. 4월 4일에서 5일 사이 강원도 고성과 속초, 강릉, 동해, 인제 일대의 산맥들이 화마에 휩싸였다. 국가재난사태가 선포됐고 5개 시군이 특별재난지역으로 지정됐다. 소방관 3천여 명과 헬기 110여 대가 진화에 투입됐다.

7번 국도를 따라 동해안을 일주해본 사람은 안다. 끊어지지 않고 이어지는 거대한 태백산맥의 준령들이 얼마나 한몸처럼 얽혀 있는지를. 그러므로 한 번 불이 나면 얼마나 순식간에 산맥 전체로 번질 수 있는지를 말이다.

이른바 '양간지풍' '양강지풍'이라는 존재에 대해서도 많은 국민들이 새삼 알게 되었다. 양간지풍의 '양간'은 양양과 간성을 말하는 것이며, '양강'은 양양과 강릉을 일컫는다. 이들 지역 사이에서 부는 국지적 강풍이 순식간에 불티를 멀리까지 날려 보내면서 산불을 급속하게 확산시킨다.

봄철이면 한반도 남쪽에 이동성 고기압이, 북쪽에 저기압이 대치하게 되는데, 그런 가운데 서풍이 태백산맥을 넘으면 순간적으로 대기의 압력이 고조되면서 고온 건조한 강풍이 만들어지는 것이다.

바로 이 바람 때문에 1996년 고성 산불, 2000년 삼척 산불, 2005년 양양 산불도 피해 규모를 키웠다. 특히 2005년 산불은 천년고찰 낙산사를 전소시키면서 국민들에게 큰 충격을 안기기도 했다. 학창시절에 낙산사로 수학여행을 갔던 나로서도 충격이 이만저만이 아니었다. 그 귀한 문화재가 속수무책으로 타버리는 풍경을 실시간으로 지켜봐야 했다.

오래전 아버지는 말씀하였다. 당신이 어렸을 때만 해도 우리나라에 나무가 적어 산들이 다 민둥산이었다고. 그후 산림 조성 사업을 열심히 한 덕에 이토록 울창하고 푸른 산을 갖게 되었다고.

어려서는 그 말뜻을 실감하지 못했는데 정치부 기자 시절 북한 취재를 가보면서 새삼 깨닫게 되었다. 민둥산이라는 게 실제로 어떤 건지를, 더불어 울창한 산림이라는 게 얼마나 소중한 것이며 저저 얻어지는 게 아니라는 사실을 말이다.

2005년 국회의원들을 따라 동행 취재를 갔던 금강산 일대는, 금강산을 제외하고는 전반적으로 황토빛 민둥산 일색이었다. 경제난 속에 수십 년 동안 나무 하나 심을 여력이 없었을 것이다.

우리는 다행히 여력이 되어 오랜 시간 숲을 잘 가꾸어 왔지만 한 번 산불이 나면 그 모든 노력이 순식간에 수포로 돌아가기도 한다. 어떻게 조성한 산림인데…… 어떻게 가꿔온 숲인데…… 산불의 대부분은 실화失火이다. 한두 사람이 저지른 잘못이 산중의 무수한 생명들을 잿더미 속에 묻어버린다.

'첩첩산중'이라는 말이 있는데 아마도 내 고향에 맞춤한 말일 것이다. 내가 태어난 강원도 정선은 그야말로 산 너머 산, 산 밑으로도 산, 사방 360도가 산맥으로 둘러싸인 산촌이다. 하늘의 시야각을 좁힐 정도로 빽빽한 그 산들의 물결이 어려서는 숨 막히도록 지겹고 징글징글하게 느껴졌지만 지금은 그저 애틋하고 그리운 존재가 되었다.

호시탐탐 산으로부터의 탈출을 꿈꿨던 소년은 늙어가며 점점 회귀를 꿈꾼다. 나에게 고향은 단연 산이다. 그렇기 때문에 그 산이 타버린다는 것은 곧 망향亡鄕이고 내 뿌리의 소실과도 같아 상상만으로도 가슴이 뻐근해지는 것이다. 나는 죽음의 검버섯이 드리운 고향의 산을 절대로 보고 싶지 않다.

그러나 2021년 2월 20일 내 고향에도 큰 산불이 났다. 정선군 여량면 노추산에서 발화된 불은 장장 열여덟 시간을 태우고 간신히 꺼졌다. 배우 원빈이 태어난 마을이 그 발화 지점에서 지척 거리에 있다. 그가 자신의 부모님을 위해 지어드렸다는 그 아름다운 집이 무사했는지도 새삼 궁금했다.

고향은 모두에게 안온한 존재여야 한다. 산은 어느 고향에나 있으며, 많은 이들의 고향이 곧 산이다. 그 산을 불태우는 일은 우리의 고향을 묻어 없애는 일이나 마찬가지니, 산불을 보며 우리가 그토록 애를 태우고 발을 동동 구르는 것이다.

산이 타버린다는 것은 곧 망향亡鄕이고 내 뿌리의 소실과도 같아 가슴이 뻐근해지는 일이다. 나는 죽음의 검버섯이 드리운 고향의 산을 절대로 보고 싶지 않다.

#20
하나로 연결됐지만
한 번에 무너질 수도

2020년은 잔칫날이나 기념일 같은 모든 좋은 날들이 전반적으로 빛을 잃은 해였다. 크리스마스만 해도 전 세계가 집합 금지 구호 속에 썰렁하고 암울하게 보내야만 했다. 우리나라도 그맘때 코로나19 3차 대유행이 절정으로 치달으면서 모두들 '집콕' 성탄을 보내느라 전전긍긍했다.

외식은 언감생심. 다들 배달 음식이나 시켜 먹으며 조용히 크리스마스이브를 보내려 했다. 대목을 맞게 된 건 배달을 주로 하는 음식점들이었다. 5인 이상 집합금지 조치가 역으로 배달 전문점들에게는 기회가 된 셈이다.

그런데 성탄 전날, 음식 주문이 가장 폭주할 시점인 저녁 6시 반부터 갑자기 '배달의민족' 서버가 멈춰버렸다. '배달의민족'은 국내 최대 음식 배달 앱이다. 식당들뿐만 아니라 이용자들도 다들 그날의 저녁만찬(비록 배달 음식이지만)을 기다리고 있었을 텐데, 주문이 오가야 할 플랫폼이 아예 먹통이 돼버린 것이다.

서버 다운 사태는 저녁 6시대부터 10시대까지 무려 네 시간 넘도록 이어졌다. 성탄전야의 피크타임이 그렇게 날아가 버렸다. 저녁을 배달 음식으로 차리려던 시민들도 당황했지만 억장이 무너진 건 식당 업주들이었다. 성탄 대목의 특수를 기대하고 식자재를 잔뜩 들여놨을 텐데 주문 자체가 들어오지 않으니 허망하기 짝이 없는 일이었다.

배달원들은 배달원들대로 일을 공쳤다. 식당들은 그래도 방문해서 먹거나 포장해 가는 손님이라도 있었지만 배달원들은 일감이 완전히 끊겼다.

스마트폰 속의 그 작은 앱 하나가 국내 요식업 전반에 타격을 준 셈이다. '배달의민족'은 추후 업주들을 상대로 나름의 보상 방안을 내놓긴 했지만 피해 규모에 비해 충분치 않았을 것이다.

그 일이 있기 7개월 전에도 비슷한 접속 장애가 있었는데, 그때도 '배달의민족' 측은 하루치 광고비만 식당에 돌려줬고 나머지 영업 손실은 음식점 업주와 배달원들이 떠안아야 했다. 온라인상의 작은 무언가가 갑자기 멈추게 되면 이는 오프라인상의 막대한 피해로 이어질 수 있음을 우리는 비로소 목격하게 되었다.

2020년 12월 15일에는 '유튜브'가 멈춘 일도 있었다. 영상 재생과 라이브 스트리밍 가동이 중단됐고, 유튜버와 이용자들이 40여 분간 망연자실에 빠졌다. 지메일을 비롯해 구글 본사에서 운영하는 다른 몇 가지 서비스도 다운되었다. 말하자면, 세계 최대의 전자우편 서비스와 세계 최대의 동영상 공유 사이트가 동시에 멈춰선 것이다. 구글 지도와 구글 페이 등 여러 생활밀착 서비스도 불안정 상태를 보였다.

이런 시스템에 일상의 상당 부분을 의존하고 있는 시민들 그리고 비즈니스 종사자들은 그야말로 좌불안석일 수밖에 없는 상황이다. 특히나 코로나19로 언택트 라이프 스타일이 고착되면서 온라인 의존도는 예전보다 훨씬 높아진 터였다.

'유튜브 중독'이라는 말이 나올 정도로 사람들은 무료한 일상의 상당 시간을 동영상 시청으로 견디고 있었고, 학교들은 원격 수업을 구글 클래스룸이나 지메일 기반으로 하는 경우가 많았다.

기업들도 대면 행사를 열지 못해 유튜브 등을 통한 온라인 행사에 의존하였고, '방탄소년단'을 비롯한 문화예술인들도 오프라인 공연이나 전시 대신 유튜브 활동에 주력하는 양상이었다.

다시 말해 이런 식의 멈춤 사고가 발생하게 되면 일상에서의 소소한 불편은 물론이고 비즈니스, 문화, 교육 등 전방위적인 분야에서 상당한 피해가 발생한다. 원하든 원하지 않든 이미 그런 시대가 되어버렸다.

유튜브의 먹통 사고는 그 이전에도 있었다. 한 달 전인 11월 12일에도 한 시간 반가량 접속 장애가 발생했다. 놀란 유튜버와 이용자들의 항의와 신고가 속출했고 국내 한 대기업 행사 일정에 차질이 빚어지기도 했다. 삼성 SDS가 공교롭게도 그날 '테크토닉 2020'이라는 행사를 유튜브로 생중계하려 했는데 접속 오류와 맞물려 행사 자체를 미루는 소동이 빚어졌다.

불과 한 달 사이에 그렇게 두 번이나 멈춤 사고가 발생하자 유튜브에 크게 의존해왔던 사람들, 특히 유튜브로 경제 활동을 영위하는 사람들은 그것을 하나의 재난처럼 받아들이기 시작했다. 생활의 많은 영역을 차지하고 있는 것이 갑자기 멈춰버리니 거기 의존하는 삶 자체도 일순간 멈출 수밖에 없지 않겠는가.

유튜브에 대한 우리의 의존도는 실로 급증 추세이다. 모바일 빅데이터 업체 '아이지에이웍스'의 집계에 따르면, 2020년 9월 기준 국내 유튜브 앱 사용자는 4,319만 명으로 우리나라 전체 인구 5,178만 명의 83퍼센트를 넘어섰다.

1인당 월평균 사용시간은 29.5시간으로 카카오톡의 평균 사용시간(12시간)보다도 배 이상 많았고, 페이스북(11.7시간)이나 네이버(10.2시간), 인스타그램(7.5시간) 등을 월등히 앞선 지 오래이다.

유튜브뿐 아니라 페이스북과 인스타그램에서도 종종 접속 오류가 발생하고는 하는데, 그럴 때마다 관련 검색어가 포털 상위권을 휩쓸 정도로 사람들의 관심과 불안 증세가 크다.

유튜브는 물론 말할 것도 없다. 멈춤 사고가 발생한 날 네티즌들의 댓글을 보면 '온라인 세상의 붕괴' '내 삶도 멈추는 것 같다' 등의 민감한 반응들이 잇따랐다. 언론에서도 '인터넷 세계 마비' '우리 생활을 뒤흔들다' 등의 헤드라인 문구가 출현한다. 사실상 재난 상황을 묘사하는 표현들이다.

나는 오래전 국내에서 '싸이월드'가 유행하던 시절에도 이런 상황을 괜스레 상상해보고는 했다. 우리가 그토록 공들여가며 삶의 기록과 추억들을 보관하던 공간이 일순간 어떤 사고로 사라지게 된다면? 누군가 해킹해서 데이터를 폭파라도 한다면? 상상만으로도 오싹한 일이었다.

다행히 그 정도의 불상사(아주 사라져버리는 사고)까지는 아직 발생하지 않았지만, 요즘 들어 유튜브나 SNS의 각종 멈춤 사태를 보다보면 그 상상이 아주 허황된 것만은 아니라는 결론에 이르게 된다. 일시적으로 멈추는 것만으로도 일대 혼란이 빚어지고 사람들은 그것을 하나의 재난처럼 받아들이고 있기 때문이다.

그러니 지금까지 발생한 사례들보다 훨씬 파괴적인 상황이 빚어진다면 그것은 말 그대로 대형 참사가 될 것이다. 더 이상 물질적인 파괴만이 재난이 아니다. 온라인 공간에서의 파괴와 상실 또한 명백한 재난이다. 경제·사회의 모든 구조가 이미 그렇게 맞물려 돌아가고 있다.

얼마 전 한 인기 유튜버의 경험담을 들은 적이 있는데 상당히 황당한 내용이었다. 그는 어느 날 자신의 유튜브 채널에서 라이브 방송을 진행하고 있었는데 해당 채널이 갑자기 증발하듯 사라져버리더라는 것이다. 단순히 가동을 잠깐 멈춘 정도가 아니라 채널 자체가 아예 감쪽

같이 없어졌다고 한다. 다시 말해 '계정 폭파'인 셈인데, 그 폭파를 본인이 한 게 아니라 외부에서 누군가가 한 것이니, 당사자에게는 이만저만한 충격이 아니었을 것이다.

폭파범이 구글 본사였든 해커였든, 아니면 정체 모를 인공지능이었든 간에, 주인도 모르게 소중한 플랫폼을 없애버렸으니 황당하고 억울할 일이다. 알다시피 온라인 계정은 이제 개인의 소중한 자산이다. 특히 전문 유튜버들에게 있어 유튜브 채널은 직장이나 사업장에 다름없다.

그럼에도 사고를 당한 그 유튜버는 자신의 채널이 왜 사라진 건지, 누가 그렇게 한 건지 끝내 경위를 알 수 없었다고 한다. 구글 본사에 문의해봐도 "원인을 모른다"는 답변뿐이었다고.

온라인 영역에 자신의 생업을 건 사람이나 자아실현의 중요한 도구로서 플랫폼을 활용하는 사람들에게는 이런 일이 이제 명백한 재난이다. 생소하지만 그만큼 충격이 큰 재난…… 사회가 고도화되어 갈수록 우리'가 잃을 것들이 점점 많아져간다.

2021년 5월 5일 어린이날에는 '국민 메신저' 카카오톡이 멈췄다. 두 시간 동안 먹통이 되면서 일대 혼란이 빚어졌다. 문자메시지뿐만 아니라 음성통화, 영상통화 모두 가동을 멈추었고, 급한 연락이 필요한 사람들은 발을 동동 굴렀다. 알다시피 이제는 대면 소통보다도 카톡 대화가 더 일반화된 시대 아니던가.

카카오 측이 파악한 원인은 '서버 과부하'였다. 그리고 이는 처음 벌어진 일이 아니었다. 2020년 1월과 3월, 7월에도 문자메시지 서비스가 멈춘 일이 있고, 11월에는 선물하기 기능에 오류가 발생했다.

이미 겪은 일이 또 재발했다는 것은, 시스템적으로 막는 데 한계가 있을 수 있다는 이야기이다. 막지 못하는 돌발 사태는 곧 재난의 불씨이다.

#21

총성 없이
폐허가 되는 사이버전

만일 온라인 네트워크를 멈추게 하거나 교란시키는 일이 사고 수준을 넘어 테러라든가 전쟁 도구로 악용된다면 상황은 훨씬 끔찍할 것이다. 2007년에 이미 헐리우드 영화는 그런 상황을 상상으로 그려낸 바가 있다. 브루스 윌리스가 주인공이었던 〈다이하드 4.0〉이라는 작품이었다.

　당시만 해도 시대를 앞서가는 파격적인 상상에 가까웠지만 지금 돌이켜보면 언제 현실로 닥칠지 모를 일이다. 영화 속에서 한 해커는 국가를 전복시키기 위해 제일 먼저 온라인망부터 손에 넣는다. 각종 공공기관들의 전산 제어 시스템을 가로챈 뒤 조작하여 온 나라에 동시다발적인 혼란을 일으킨다.

　예컨대 차량들이 쌩쌩 오가는 대도시의 교통신호 체계를 갑자기 뒤죽박죽으로 교란시킨다면? 사거리나 오거리 교차로의 온 방향 신호등들이 일제히 파란 불로 바뀌어버린다면? 도처에서 충돌 사고가 속출할 것이다. 영화 속 테러란 그런 방식이었다.

　도로뿐 아니라 항공과 철도를 비롯한 모든 교통망 그리고 통신, 금융, 전기 등 일체의 공공 네트워크가 테러리스트 손에 들어가고 미국은 순식간에 아비규환으로 빠져든다. 옛날 방식처럼 무장 세력을 투입하거나 군대를 장악하는 일 없이도 나라 전체를 한순간에 공황 상태에 빠뜨리는 일이 가능했다. 개봉 당시엔 상당히 신선하고 충격적인 설정이었으나 지금 와서 보면 대단히 개연성 있고 현실적인 스토리이다.

세계는 지금 슈퍼컴퓨터와 AI, 사물인터넷, 자율신경망으로 촘촘히 얽힌 '다음 세상'으로 넘어가고 있다. 영화 속 배경과는 비교도 할 수 없을 만큼 더 복잡해진 온라인 네트워크가 세상을 에워싸고 있는 것이다.

일론 머스크가 이끄는 '테슬라'만 해도 전기차가 궁극의 목적이 아니다. 머스크는 빅 데이터와 AI 기술을 극대화해 사람이 운전할 필요 없는 완전 자율 주행차를 준비하고 있다. 그리 먼 미래도 아니다. 테슬라는 이미 운전자가 손을 떼도 목적지까지 알아서 가는 자율주행 소프트웨어를 양산차에 장착하고 있다.

머지않은 미래에 각국 정부에서 승인을 하면 운전자는 아예 딴 짓을 하면서 이동할 수 있게 된다. 더 이상 '운전자Driver'라는 말도 적합지 않을 것이다. 출퇴근길 차량 운행은 자율 시스템에 맡겨두고 사람은 좌석에 앉아 그저 영화를 보거나 책을 읽을 수도 있다. 회사에 도착하면 차를 주차장에 넣는 게 아니라 로봇 택시 모드로 바꿔 거리로 내보낸다.

운전자가 필요 없는 이 차량은 주인이 회사에서 일하는 동안 거리를 돌아다니며 알아서 택시 영업을 한다. 지금의 '우버'나 '카카오택시' 같은 방식으로 로봇 차량을 호출하는 서비스가 구축될 것이다. 테슬라 본사의 클라우드와 슈퍼컴퓨터는 전 세계에 돌아다니는 자사 자율 주행 차들의 안전을 통합 제어할 것이다. 이것이 일론 머스크가 계획하는 테슬라 차량의 궁극이다. 실행까지 이제 몇 단계 남지도 않았다.

어디 테슬라뿐이랴. 그때 가면 수많은 교통과 물류 체계가 그런 식으로 AI와 로봇, 슈퍼컴퓨터에 얽혀 자동으로 돌아갈 것이다. 하늘에는 드론 택시가 날아다니고, 택배도 로봇이 배송한다.

중국의 유인 드론들은 이미 2020년부터 사람을 태우고 운행하고 있다. 물론 사람은 가만히 앉아만 있을 뿐 조종은 드론이 알아서 한다. 그 모든 자동화 시스템의 뿌리에 초 연결 네트워크가 있다.

하지만 '하나로' 연결된 사회는 빠르고 편리하면서도 동시에 '한 방에' 무너질 수 있는 사회이다. 그 '하나'를 타깃으로 삼아, 즉 연결의 중심 거점을 겨냥해 누군가 테러를 가한다면 거기서 뿌리를 뻗어나간 모든 시스템이 한 번에 망가질 수 있기 때문이다.

지구촌 대도시마다 수십만 수백만 대의 로봇 택시와 드론이 돌아다니고 있을 때, 누군가가 위성을 해킹하거나 클라우드 망을 장악해서 엉뚱한 제어신호를 보낸다고 생각해보라. 상상하기도 끔찍한 참사가 벌어질 것이다.

테슬라도 그렇고 모든 첨단기술 개발업체들이 그런 위험성을 이미 염두에 두고 보안망 구축에 공을 들이고 있다. 멀지 않은 미래의 테러리스트들은 어떻게든 그 망을 뚫고 싶어 할 테고 말이다.

이미 성공사례가 나왔다. 2021년 5월 7일, 미국의 최대 송유관 운영업체인 '콜로니얼 파이프라인Colonial Pipeline'이 해커들의 공격을 받았다. '다크 사이드'라는 이름의 이 해커 조직은 송유관 제어 시스템에 랜섬웨어 공격을 가해, 미 17개 주의 원유 수송을 끊어버렸다.

하루 250만 배럴의 석유 공급이 중단됐고 미국을 넘어 전세계 경제가 휘청거렸다. 바이든 행정부는 사실상 전시 상황에 준하는 비상사태를 선포했다. 미국 정부는 이것을 경제 위기가 아니라 안보 위기라고 규정했다.

세계적인 석학인 유발 하라리의 명저 《21세기를 위한 21가지 제언》에도 이런 상황에 대한 경고가 나온다. 하라리는 미국이 웬만한 수준의 사이버전 능력을 갖춘 나라를 공격했다가는 몇 분 안에 캘리포니아 일리노이로 (사이버)전쟁이 번질 수 있다고 말한다.

그의 설명에 의하면 상대가 맞대응 수단으로 악성코드 같은 걸 동원할 경우, 육해공 교통체계를 교란시켜 대형 사고를 초래한다든지, 에너지 공급망 같은 걸 차단해 사회를 마비시키는 일이 가능해진다.

미국이 과거 이라크 전쟁으로 바그다드를 쑥대밭으로 만들 때, 당시 이라크는 미 영토에 반격을 가할 수단이 없었지만, 지금은 어느 나라든 사정이 달라졌다고 하라리는 강조한다. 일정 수준의 사이버전 기술만 갖고 있다면 언제 어디서든 비 물리적 방식으로 타격을 가할 수 있다는 얘기이다.

방식 자체는 비물리적일지 몰라도 결과는 철저히 물리적일 것이다. 온라인망은 오프라인의 모든 물질 체계를 통제하고 있고, 그걸 노린 공격은 결국 오프라인 세계의 파괴를 목표로 하기 때문이다.

사실 북한만 해도 오래 전부터 사이버공격 전담부대를 양성해왔고 최근 몇 년간 국제사회에서 크고 작은 실행 사례를 선보인 바 있다. 요컨대 사이버전은 이미 현실로 다가온 위험이다.

거창하게 멀리 갈 것도 없다. 좀 더 가까운 얘기를 해보자면, 국내에서는 2020년 11월 대기업인 이랜드그룹이 악성코드의 공격을 받아 큰 낭패를 본 일이 있다. 그룹 본사의 온라인 서버를 누군가 다운시키는 바람에 계열사인 전국 20여 개 백화점과 아울렛 매장들이 한동안 영업을 중단해야 했다.

그것이 특정 기업 차원에서 벌어진 일이었으니 망정이지, 만약 국가 기간시설, 특히 보안시설을 상대로 한 테러였다면 결과는 더 아찔했을 것이다.

이랜드뿐 아니라 LG와 SK, 기아 등 국내 굴지의 대기업 본사 및 계열사들이 랜섬웨어 공격을 받아 기밀자료를 털린 일이 있다고 〈동아일보〉는 2021년 6월 1일자 조간 머릿기사에서 중점 보도하기도 했다.

지금도 누군가 어디서 무슨 엉뚱한 계획을 세우고 있을지 사실 아무도 모를 일이다. 얼마 전에는 코로나19 백신 탈취를 위한 사이버 해킹 시도가 감지되었다고 IBM이 경고한 바 있다. 어떤 식으로든 공공의 안전과 생명이 걸린 일에 네트워크 공격이 악용된다면 그것은 작은 사고를 넘어 인류의 재앙이 될 수도 있다.

지금으로서는 그저 감시와 방어 시스템이 더 월등하기만을 바라고 기대할 뿐이다. 하지만 만에 하나라도 감당치를 벗어난 공격이 등장한다면 그것은 말 그대로 '총성 없는 전쟁', 인류의 대참사가 될 것이다.

방식 자체는 비물리적일지 몰라도 결과는 철저히 물리적일 것이다. 온라인망은 오프라인의 모든 물질 체계를 통제하고 있고, 그걸 노린 공격은 결국 오프라인 세계의 파괴를 목표로 하기 때문이다.

#22

뉴스의 사각지대

뉴스가 넘쳐나는 시대, 수용자인 대중은 쉽게 잊고 넘어가지만, 전달자인 나는 하루하루의 끔찍한 참사들이 오래 두고 우울한 잔상으로 남는다. 특히 비슷한 일들을 반복적으로 전해야 할 경우에 더 그렇다. 최첨단 인공지능과 메타버스를 논하는 이 고도문명의 시대에도 아직 야만에 머물러 있는 충격적인 일들은 수시로 벌어진다.

예컨대 2020년 늦가을부터 초겨울 사이에는 제3세계 국가들에서 끔찍한 학살 소식이 잇따랐다. 11월 26일에 전해진 에티오피아의 내전 소식이 대표적이다. 정부군과 지방 군벌세력 간의 충돌이 전면전으로 번지면서 수만 명이 피난길에 올랐다. 미처 피신하지 못한 양민들은 집단 학살의 희생양이 되고 말았다. 한 마을에서만 6백 명이 피살되어 야산에 유기되었다고 KBS 중동지국 특파원이 전했다.

에티오피아 북부 티그라이 지역에서 촉발된 이 내전으로 주민 4만 명이 수단 등 인접 국가로 대피하던 중이었으며, 타이밍을 놓친 사람들은 그렇게 앉아서 비극을 맞게 됐다. 피난민들 가운데는 길거리에서 출산을 하는 사람도 있었고, 갖은 혼란과 참상이 빚어지고 있었다. 우리 민족이 70년 전 겪었던 한국전쟁의 참극이 연상되는 풍경이었다.

멀고 먼 낯선 나라의 일이지만 따지고 보면 우리에게도 익숙한 비극인 셈이다. 군대끼리의 교전을 벗어나 애

꽃은 민간인들을 상대로 학살이 벌어졌다는 사실은 동족 상잔의 흑역사를 겪었던 우리로서도 남 일 같지가 않다.

나흘 뒤에는 또 뉴스에서 나이지리아의 학살 소식을 전해야 했다. 악명 높은 극단주의 무장단체 '보코하람'의 소행이었다. 민간인 110여 명이 한꺼번에 희생되었다. 피해자 대부분은 '무장'과는 관계없는 선량한 농장 근로 자들이었다.

보코하람이 나이지리아 북동부 보르노 주를 습격했을 때 그들은 평화롭게 쌀을 수확하고 있었다. 영문도 모른 채 총살을 당한 양민들의 시신은 숲에 버려졌다. 보코하 람은 자신들에 대한 정보를 농장 일꾼들이 정부에 밀고 했다고 의심하였다. 그 근거가 무엇이든 간에 어떤 사유 로도 정당화할 수 없는 살육이다.

보코하람은 이전에도 IS의 아프리카 지부로 활동하며 테러와 학살을 자행해왔다. 특히 학교를 습격해 여학생 들을 수십 명씩 납치하는 등 극악무도한 만행으로 유명 한 단체이다.

그러나 이런 소식들은 주로 그날 뉴스의 후반부에나 겨우 배치된다. 웬만해선 제3세계의 뉴스들이 국내 보 도의 전면을 차지하기가 힘들다. 물론 당시 시국이 시국 인지라 더 비중 높은 뉴스들이 많았던 것도 사실이다. 위 사건들이 벌어졌던 시점을 반추해보면 국내에서는 코로 나19 3차 유행이 시작되면서 환자가 다시 급증하고 있었고, 사상 초유의 법무부장관 대 검찰총장 갈등으로 이른바 '검란'이 벌어지는 등 나라가 뒤숭숭했다.

그런 가운데 저 멀리 아프리카에서 수백 명이 학살당했다는 소식은 남미의 축구영웅 마라도나의 사망 소식보다도 후반부에 배치되었다. 대중적 관심도로 따지면 일견 불가피한 편집이었을 것이다. 그러나 마음 한구석에 씁쓸함이 남는 건 어쩔 수가 없다.

마라도나의 죽음이 뉴스 가치가 없다는 건 아니지만 과연 스타 한 명의 자연사와 양민 수백 명의 학살 소식 가운데 어느 쪽이 우리의 관심을 더 필요로 하는지에 대해서는 한 번쯤 생각해볼 필요가 있다. 그것이 휴머니즘의 기본자세이다.

2021년 2월 7일 인도 북부 히말라야 산맥의 난다데비산(해발 7,817미터)에서 빙하가 무너져 내리며 인근의 댐과 발전소 등을 붕괴시켰다. 댐 안에 있던 물이 순식간에 산 아래를 휩쓸어 초강력 홍수가 발생했다. 2백 명 가까이 숨지거나 실종됐다.

이 사고는 두 가지 이유로 대단히 높은 뉴스 가치를 지니고 있었다. 하나는, 인명 피해 규모 자체이다. 2백 명 가까운 사망·실종은 발생 장소와 경위를 막론하고 초대형 참사이다. 또 하나는, 이 사고가 기후 환경 문제와 연관돼 있을 수 있다는 점이다. 온난화 등의 영향으로 빙하가 붕괴된 것이라면 이 참사는 인도만의 국지적 문제가 아니라 인류 앞에 놓인 공동 현안이다.

그럼에도 불구하고 국내 기성 언론사 가운데 이 참사 소식을 톱 블록으로 전면 배치한 곳은 없었다. 만일 2백 명이 한꺼번에 숨지는 재난이 미국의 어느 대도시에서 벌어졌다면 어땠을까를 생각해본다.

해당 사고가 발생한 인도 우타라칸드 지역에서는 8년 전인 2013년 6월에도 산사태와 홍수로 무려 6천 명이 숨진 바 있지만 그 사실을 기억하는 사람조차 거의 없다. 어떤 재난은 관심도 조명도 받지 못한 채 순식간에 잊히는 허망한 비극이 된다.

사실 전쟁과 분쟁, 테러로 인한 참극이라 하더라도 유럽이나 북미 같은 서방권에서 벌어지는 것과 아프리카, 중동 등 제3세계에서 벌어지는 것은 또 다른 취급을 받는다. 프랑스나 영국에서 발생한 테러는 서너 명만 숨져도 대서특필되는데, 에티오피아나 나이지리아의 참극은 대체 어떤 자격미달 사유가 있기에 수백 명이 비명횡사를 해도 상대적으로 관심을 끌지 못하는 걸까?

이는 비단 언론만의 문제는 아니다. 언론의 수용자, 즉 대중의 의식 문제와도 닿아 있다. 똑같은 생명을 바라보는 관점에 있어 엄연한 시각차, 다시 말해 차별이 존재하기 때문이다. 일전에 필자가 다른 저서에서도 언급한 바 있듯이 우리는 서구권에서 발생한 테러 참사에 대해서는 기꺼이 'pray for Paris' 'pray for London'의 연민을 발휘하면서도 아프리카나 중동, 남미에서 벌어진 학살극에 대해서는 침묵으로 외면하거나 아예 관심을 두지 않는다.

재난에도 차별이 있는 것인가? 참사도 차등화되어야 할까? 어떤 민족의 재난은 중하고 어떤 민족의 재난은 가벼울 수 있는가? 그럴 리 없을 것이다. 우리는, 절대로 그렇게 생각해서는 안되는 것이다.

우리 민족이 한국전쟁으로 난민이 되어 생사의 문턱을 넘나들 때, 그리고 IMF로부터 구제 금융을 받아 간신히 연명할 때, 당대의 국제사회가 우리를 지금의 나이지리아 보듯, 에티오피아 보듯 외면했다면 우리는 결코 이 위치까지 오지 못했을 것이다. 고비마다 역경을 이겨낸 건 물론 우리 민족의 저력이기도 하지만 동시에 인류가 베풀어준 인도주의, 휴머니즘 덕이기도 하다.

지구촌 이웃들은 갈등하고 다투면서도 수시로 돕고 감싸가며 여기까지 왔다. 〈We are the world〉라는 노래를 들으며 절로 눈물짓게 되는 마음이 바로 휴머니즘이다. 인류 공생의 뿌리가 거기에 있다. 생명에 대한 존중과 연민에는 어떠한 차별도 없어야 한다.

#23

소 잃고도
외양간 고치지 않으면

20여 년을 기자로 살면서 순전히 운대가 맞아 이런 저런 상들을 받아보았지만, 내심 가장 뿌듯이 여겨온 것은 상이 아니라 작은 감사패였다. 어디 거창한 단체나 기관에서 준 것도 아니고 경남 합천군 청덕면에 사는 면민面民들이 만들어준 것이었다. 사연인즉 이러하다.

2000년 9월에 한반도에는 '사오마이'라는 태풍이 들이닥쳤는데 주로 영남 지방을 쑥대밭으로 만들었다. 당시 강물이 불어나서 잠겼던 마을 가운데 하나가 청덕면이다. 나는 그때 창원KBS에서 지역 근무를 하던 중이었는데, 침수 제보를 받고 그 마을을 취재하게 됐다. 수몰로 고립된 상태였기 때문에 고무보트까지 얻어 타고서야 간신히 청덕면을 찾아갈 수 있었다.

통상 이런 유형의 취재에는 비교적 단순한 워크플로우가 적용된다. 피해 현장을 최대한 빠른 시간 안에 ENG 카메라에 담고, 거기 사는 주민 몇 명을 짤막하게 인터뷰한다. 그러고는 신속하게 회사로 복귀해 저녁 뉴스용 리포트를 제작해야 한다. '당일 취재, 당일 방송'이 원칙이기 때문에 데일리뉴스 기자들은 늘 시간에 쫓긴다. 장시간 준비해온 기획 취재물이 아닌 이상 '당일 방송'에 공을 들이기는 참 쉽지 않다.

그런데 사정을 들어보니, 그 마을에는 뭔가 공을 더 들일 필요가 있어보였다. 청덕면의 침수와 고립은 단순하고 단발적인 자연재해가 아니라 상습적이고 구조적인 문제, 곧 인재였기 때문이다. 그 마을을 휘감아 도는 강에 다리 하나가 놓여 있는데, 그 다리의 부실이 문제였다.

주민들은 평소 다리를 건너 이웃마을에도 가고 군청소 재지에도 다녀오면서 일상을 영위해왔다. 그런데 야속 하게도 비만 오면 그 다리는 여지없이 물에 잠기곤 했다. 처음부터 너무 낮고 허술하게 지은 탓이다. 그래서 해마 다 장맛비나 태풍이 닥치면 주민들은 으레 바깥세상으 로부터 고립되는 일부터 각오해야 했다.

마을 자체도 저지대라 물에 잘 잠길뿐더러 다리까지 끊겨버리니 탈출 방법도 없었다. 그야말로 이중고에 갇 힌 셈. 해법은 다리를 새로 짓는 것뿐이었다.

하나 관의 손길이 어디 그런 구석진 변방 마을에까지 세심히 닿던가. 주민들은 이미 십수 년 전부터 민원을 제 기해왔지만 군청이고 도청이고 귓등으로도 안 들은 모 양이었다. 그래서 방송 취재팀이 찾아온 참에 문제를 널 리 알리고 싶어 했고, 나는 그들의 사연을 르포 형식으로 취재해 일반 발생 뉴스보다 좀 더 상세히 보도했다.

해당 뉴스는 전국 방송을 타게 됐는데, 이후 정치권에 서 여당 대표가 현장을 시찰하러 오는 등 제법 큰 파장을 낳았다. 그러고는 내 기억 속에서는 차차 잊혀져갔다.

3년 뒤 어느 날이었다. 서울 본사로 복귀해 근무를 하 고 있었는데 초여름의 어느 날 지역번호 '055'로 시작되 는 모르는 번호로부터 전화가 걸려왔다. '055'는 경남 지역. 받아보니 발신인은 '청덕교건설추진위원회' 위원장이라고 자신을 소개하였다.

3년 전 나의 보도가 나간 이후 꿈쩍도 않던 관에서 드디어 반응을 보이기 시작했고, 주민들이 청원운동으로 가세한 끝에 마침내 새 다리를 놓을 수 있게 되었다는 전갈이었다. 운동을 전개한 단체가 바로 '청덕교건설추진위원회'였다.

그렇게 해서 새 다리가 지어졌고 '청덕교'라 이름이 붙여진 모양이었다. 중앙정부는 국비를 넉넉히 내려보냈고 다리는 일사천리로 지어졌다고 한다. 완공 시점이 2003년 6월. 거기 맞춰서 연락을 해온 것이다.

"3년 전 그 뉴스 덕에 마을에 이렇게 안전한 다리가 놓였습니다. 그래서 주민들이 박 기자님을 준공식에 초대하고 싶어 합니다."

추진위원장은 이렇게 초청 의사를 전했다. 나는 회사 일에 묶인 몸이라 사양할 수밖에 없었지만 내심 뿌듯한 기억으로 그 일을 가슴에 담게 됐다.

청덕면 사람들은 준공식에 참석하지 못한 나를 위해 감사패를 따로 만들어 보냈다. 그것이 내가 가장 아낀다는 바로 그 감사패이다. 방송대상이니, 올해의기자상이니 그런 것보다도, 어쩌면 내게 훨씬 값지고 보람찬 '진짜 상'이 아닐까 싶다. 언젠가 기자생활을 마감하고 은퇴하면 나는 그 다리에 꼭 가볼 생각이다.

이 이야기의 주인공인 청덕면 사람들은 그나마 운이 좋았던 편이다. 아무리 큰 피해가 반복되어도 끝내 관이 움직여주지 않는 경우가 상당히 많다. 예컨대, 유난히 수해가 잦았던 2020년 여름의 피해 지역들 가운데 경북 영덕군 오포리 강구시장 일대가 그런 곳이다. 오래전부터 상습 침수 문제가 심각했던 지역이다.

오포리는 무려 3년 연속으로 마을이 물에 잠기는 지독한 난리를 겪어야 했다. 2018년에는 태풍 콩레이로, 2019년엔 태풍 미탁으로 그리고 2020년 7월에는 역대 최장 장마로 번번이 수해를 입었다. 한 번 잠기면 집집마다 1미터 높이로 물이 들어찼다고 한다. 세간살이고 뭐고 건사할 수가 없어 가재도구들을 줄줄이 내다 버려야 했는데, 나중에 새로 산 것마저 얼마 안 가 또 물에 잠기기를 반복했다.

그야말로 '못 살 노릇'이었다. 오포리 주민 김정자 씨는 이제 비오는 소리만 들어도 가슴이 철렁 내려앉는다 했고, 그녀의 아들은 가족이 물에 빠져 죽는 꿈을 꾸기도 한다고 KBS 뉴스에서 말했다. 강구시장 상인들에게는 여름이 오는 것 자체가 공포였다.

오포리 일대는 원래 지대가 낮은 곳이다. 애초부터 침수되기 쉬운 지형이라는 이야기이다. 그렇다면 구조적으로 방비작업을 해두었어야 하는데, 예전부터 그 문제는 행정적으로 늘 뒷전이었다.

2018년 태풍 콩레이 이후 즉흥적으로 몇몇 피해 방지 책들이 추진되기는 했다. 그러나 대부분 예산 등을 이유로 차질을 빚거나 지연되면서 제대로 실현된 게 없다고 주민들은 하소연했다.

예컨대 배수펌프장 증설 사업은 토지 보상 문제로 1년 넘게 중단됐고, 하천 재정비 사업도 여러 민원에 부딪쳐 차일피일 미뤄지고 있었다. 빗물 저류시설이 들어선다던 곳은 여전히 허허벌판인 채 그대로였다. 사업비가 모자라다며 착공이 미뤄진 것이다. 그러는 사이 3년 연속 수해를 입은 오포리의 주택과 점포들은 786채나 물에 잠기고 말았다.

경남 하동군 화개장터 일대도 2020년에 화를 입은 대표적 수해 지역이다. 나흘간 무려 4백 밀리미터가 넘는 집중호우가 쏟아지면서 섬진강이 범람했다. 건물 310여 동이 침수됐고 이재민들이 대거 발생했다. 이 마을 또한 애초부터 홍수 위험이 높은 곳이라고 지자체는 진즉에 인지하고 있었다. 국가에서 만드는 '1백 년 빈도 홍수위험지도'라는 게 있는데, 거기에 화개장터 일대가 요주의 지역으로 명기돼 있었던 것이다.

하동군은 그 자료를 당연히 보유하고 있었고 2015년에는 화개장터를 '하천재해 위험지구(침수 위험이 높은 곳)'로 선정하기도 했다. 문제는 그 이후로도 실질적인 조치가 전혀 없었다는 점이다. 제방 1.7킬로미터 구간을 보

강하겠다던 계획은 '계획' 단계에서 멈춰 있었고, 그사이 유례없는 장마가 닥치면서 결국 2020년 사달이 나고 말았다.

전남 구례군도 같은 시기에 섬진강 범람 피해를 입었다. 소떼까지 물을 피해 달아나는 장면으로 화제가 된 그 마을이다. 세간에서는 화제였겠지만 피해 당사자인 주민들에게는 생지옥이나 다름없었을 것이다.

그 지역 또한 사전 방비의 필요성이 이미 제기되었던 곳이다. KBS 취재진이 홍수위험지도와 2020년의 침수 구역 지적도를 대조해봤더니 정확히 일치하였다. 오래전부터 위험성이 경고된 곳인데도 예방이 없었다는 이야기이다. 구례군청도 최우선 방재사업 구간으로 그 일대를 지정해놓긴 했지만 하동군과 마찬가지로 실행 조치가 없었다.

이런 유형의 사례에서 '예산 부족'이라는 해명은 가장 흔한 레퍼토리이다. 그러나 예방에 실패한 뒤 사후 복구에 들어가는 예산이 훨씬 더 클 수도 있음을 명심해야 한다. 안 그러면 호미로 막을 걸 가래로 막게 된다.

필자가 일하는 KBS는 공영방송이자 '재난방송 주관방송사'이다. 내부적으로는 재난방송을 총괄하는 별도의 조직(재난미디어센터)이 있는데 그 기구의 목적은 다음과 같다.

'KBS 재난방송은 피해 최소화, 혼란 방지, 복구 촉진을

180

제1의 목적으로 추구한다.'

이는 사실 KBS뿐 아니라 재난과 관련된 모든 정부부처 및 기관, 단체 들의 소명과도 부합하는 내용이다. 그 가운데 첫 번째와 두 번째, 즉 '피해 최소화'와 '혼란 방지'는 재난 당시에 모두가 신경을 쓰는 부분인데, 세 번째 '복구 촉진'의 경우는 슬그머니 외면하는 경우가 많다. 시간이 지나면 여론과 언론에서 잊히고 관에서도 뒷전으로 미루기 일쑤이다.

그러나 1번과 2번의 일을 반복하지 않기 위해서라도 사실은 3번이 가장 중요함을 알아야 한다. 당장의 재정 문제 등으로 3번을 방기한다면 1·2번 상황의 무한 반복을 초래하기 때문이다. '근시안적인 행정'이라는 표현이 있는데 바로 이런 상황에 가장 적확한 표현일 것이다.

'소 잃고 외양간 고친다'라는 속담도 있지만, 소를 잃고 나서도 끝까지 외양간을 안 고치는 사례가 현실에서는 부지기수이다.

#24

죽지 않을 권리

2020년 12월 11일 고 김용균 씨의 어머니가 단식을 선언했다. 태안 화력발전소에서 비정규직으로 일하다 숨진 아들의 2주기 바로 다음날이었다.

김씨의 죽음은 우리 사회에 이른바 '위험의 외주화' 문제를 공론화시켰다. 이후 2년에 걸쳐 정치권 등에서 후속 대책이 논의되었지만 막상 이행으로 옮겨진 것이 그때까지 없었다. 결국 관련 입법이 또 해를 넘길 듯하자 고인의 어머니가 항의 시위에 나선 것이다.

정치권에서 논의해온 여러 대책의 중심에는 '중대재해 기업처벌법'이 있었다. 산업재해가 발생했을 때 기업 측(경영책임자)의 책임을 보다 엄하게 묻겠다는 내용이었다. 그러나 그 수위를 놓고 국회가 중지를 모으지 못하면서 법안은 2020년 말까지 표류하고 있었다. 여야 할 것 없이 재계의 눈치를 보고 있는 것 같았다.

결국 고 김용균 씨의 어머니는 아무것도 해결되지 않는 이런 상황에서 아들의 추모제조차 무슨 소용이냐며 2주기 행사까지 취소하고 단식에 들어갔다. 중대재해기업처벌법은 김씨 어머니를 비롯한 여러 사람의 단식과 시위 끝에 이듬해 1월 국회를 겨우 통과하였다.

입법이 미뤄지던 그 기간에도 '위험의 외주화'는 사고로 계속 현실화되고 있었다. 김용균 씨 어머니의 단식 며칠 전에도(2020년 11월 28일) 인천 영흥발전소에서 화물차 운송 노동자가 계약에도 없는 상하차 업무를 하다가 근무 중 추락사하고 말았다. 고인의 아들은 인터뷰에서 이렇게 말했다.

"감독관도 없고 CCTV를 모니터하는 사람도 없고 (관리자가) 아무도 없는 상황에서 아버지가 사고를 당하셔서 너무 억울합니다."

그에 앞서 또 두 달 전에는 고 김용균 씨 사고가 났던 태안화력발전소에서도 유사 사건이 반복되었다. 화물 노동자 한 명이 석탄 하역 기계에 깔려 숨진 것이다.

김용균 씨가 '위험의 외주화'라는 화두를 우리 사회에 던진 이후에도 2년간 다섯 개 발전사에서 예순여덟 명이 다치거나 숨졌다. 그러한 산재 피해자의 90퍼센트 가까이가 하청업체 소속이거나 일용직 노동자였다. 위험한 일은 본사에서 하청업체로, 비정규직이나 일용직에게로 떠넘겨지고, 사고의 책임은 중간에서 대충 '꼬리 자르기'를 하는 일이 반복되고 있었다.

2020년 4월 경기도 이천 물류창고 건설 공사장에서 초대형 화재가 났다. 노동자 서른여덟 명이 목숨을 잃었다. 공교롭게도 12년 전 같은 지역인 이천에서 발생했던 냉동창고 화재와 너무나도 비슷한 유형의 참사였다(그때에도 40명이나 사망자가 발생했다). 같은 패턴의 사고가 마치 도돌이표처럼 되풀이된다는 것은 뭔가 구조적인 문제가 박혀 있다는 이야기이다.

두 사건 모두 시작은 사소한 불씨였지만 대형 인명피

해로 이어질 수밖에 없었던 배경에 무수한 부조리들이 엉켜 있었다. 톱니처럼 맞물린 그 부조리들은 대표적으로 가연성 소재의 시공, 무리한 작업 일정, 노동자를 죽음으로 몰아넣는 폐쇄 환경 등으로 축약된다.

12년을 주기로 똑같은 참사가 발생했다는 것은 12년 세월 동안 아무것도 바뀌지 않았다는 이야기나 다름없다. 그러니 고 김용균 씨의 어머니가 2주기 추모제 같은 게 무슨 의미가 있겠냐고 탄식할 수밖에 없었던 것이다.

2020년 연말, 산업안전보건공단이 인터넷에 올린 교육 영상에 이런 문구가 적혀 있었다. '바보같이 죽는 방법'

공단 측은 산업재해의 유형과 주의점 등을 소개하면서 '추락-바보같이 죽는 방법' '끼임-바보같이 죽는 방법' '질식-바보같이 죽는 방법'이라고 자막을 달았다. 노동자 스스로가 안전조치를 귀찮아하고 소홀히 여기다가 '바보같이' 사고를 당한다는 식의 스토리텔링이었다. 산재의 책임을 노동자에게 돌리는 듯한 뉘앙스였다.

결국 시민단체 등에서 항의가 이어지자 공단은 영상을 내리고 "그런 의도가 아니었다"고 해명했다. 그러나 다른 기관도 아닌 노동자의 안전을 위해 일한다는 기관이 의도를 막론하고 인지감수성의 부재를 그대로 노출하고 말았다.

12년을 주기로 똑같은 참사가 발생했다는 것은 12년 세
월 동안 아무것도 바뀌지 않았다는 이야기나 다름없다.
그러니 고 김용균 씨의 어머니가 2주기 추모제 같은 게
무슨 의미가 있겠냐고 탄식할 수밖에 없었던 것이다.

#25
"가만히 있어라"

2005년 8월 미국 남부지방에 역대 최악의 허리케인이 닥쳤다. '카트리나'라는 이름의 이 허리케인은 바람 자체도 무서웠지만 막대한 양의 비로 홍수를 일으키면서 더 큰 참사를 낳았다. 제방이 무너지면서 사망자만 무려 1,800여 명이 나왔다. 활기차던 음악도시 뉴올리언스가 가장 큰 희생양이 되었다.

그중에서도 제일 상징적인 비극은 종합병원 '뉴올리언스 메모리얼 메디컬 센터'에서 발생했다. 둑이 터져 도시가 침수됐을 때 물 속에 고립된 시설 가운데 하나이다. 평범하고 건강한 사람들조차 대응이 어려운 재난 사태에서, 병들고 거동이 힘든 환자들은 상황을 감당해낼 도리가 없었다. 살아남으려면 병원 내·외부의 유기적인 도움이 필요했지만, 이 병원 환자들에게는 구조의 손길이 제때 닿지 않았다. 도움은커녕, 환자를 포기하고 아예 안락사를 시키겠다는 충격적인 결정이 내려졌다.

집단 안락사라니…… 대체 그 병원에서는 무슨 일이 있었던 것일까? 어째서 그런 극단적인 선택이 내려졌던 것일까?

당초 멕시코만을 따라 허리케인 카트리나가 빠른 속도로 접근해오고 있었을 때, 그 규모와 진로를 미루어 재앙은 이미 예견된 일이었다. 때문에 뉴올리언스 시장은 시민들에게 사전 대피령을 내렸다. '사전'이라고는 하지만 결과적으로는 시점이 상당히 늦은 조치였다. 시장에게 대피령 발동권이 있나 없나 등을 따지다가 한나절이 훌쩍 지나가버렸다. 그 시간 동안 시민들에게는 '일단 좀 기다려보라'는 무언의 메시지만 전달된 셈이다.

결국 타이밍을 놓친 시민 2만 5천 명은 허리케인이 코앞에 닥쳐서야 시내 한 경기장인 슈퍼돔으로 긴급 대피했고 거기서 기약 없는 난민 생활을 이어가게 된다. 그나마 슈퍼돔으로 대피한 사람들은 나은 편이었다. 순식간에 제방이 터지고 전력과 수도 등 기반시설이 파괴되면서 수많은 시민들이 암흑과 물난리 속에 갇혔다.

'뉴올리언스 메모리얼 메디컬 센터'도 그렇게 고립되었다. 이 사건을 심층적으로 다룬 여러 권의 책이 있는데, 그중 셰리 핑크가 쓴 《재난, 그 이후》를 보면 당시 상황이 자세히 묘사되어 있다. 무엇보다 병원이 물에 잠기기 전 여러 차례의 탈출 기회가 있었음을 엿볼 수 있다.

우선은 시장이 내린 사전 대피령이 기회였을 텐데 병원 측은 대피에 동참하지 않았다. 일단 더 기다려보는 쪽을 택한 것이다. 물론 병원이라는 특수성도 분명 존재한다. 걷거나 움직일 수 없는 환자들이 많고 입원환자 상당수는 수액에서부터 산소마스크, 혈액투석기 같은 의료장비들을 몸에 부착해야 한다. 그러니 그들을 데리고 섣불리 움직이겠다는 결단이 쉽게 설 수는 없었을 것이다.

당국도 입장이 모호했다. 시장이 대피령을 내리긴 했다지만 의료시설에 대해서는 명확한 기준을 제시하지 않았다. 당시 뉴올리언스 시장은 기자회견장에서 "병원에 있는 사람들은 어떡해야 하나?"라는 질문을 받았지만 병원은 예외로 둔다고 답변했다. 사실상 '알아서 하라'는 방침으로 어물쩍 넘어간 셈이다.

결국 무방비 상태에서 병원은 순식간에 침수되고 말았다. 제방이 무너지면서 물이 들이닥쳤고 병원은 의료시설로서의 기능을 상실했다. 건물 바깥으로는 강력한 폭풍우가 계속 휘몰아쳤다. 완전히 고립된 상태에서 식량과 의료물자마저 동나고 말았다. 비로소 다급해진 병원의 상황관리실장은 본사 의료재단의 계열사인 타 병원들 앞으로 SOS 메일을 보낸다.

'우리 병원에 5미터 높이까지 물이 들어찰 것 같습니다. 187명의 환자들을 옮겨야 하는데, 우리를 받아줄 수 있는 곳에서는 부디 연락을 바랍니다.'

그러자 여러 병원에서 입원 공간과 구조 장비 등을 제공하겠다고 답변해왔다. 하지만 막상 본사 재단에서 그걸 막아버린다. 독자적으로 움직이다가 책임질 일이 발생할 것을 우려했던 것으로 보인다.

또한 당시 여러 증언들을 보면 재단 측은 주 방위군을 비롯한 관의 능력을 과신하고 있었다. 본사 재단의 중간 관리자는 "당국이 지금 모든 구조 노력을 하고 있습니다"라고 최고경영자에게 보고했고, 그 보고를 들은 재단의 최고경영자는 이렇게 결정했다.

"그럼 우리는 일단 '가만히 대기하도록' 하겠습니다."

가만히 있으라…… 가만히 대기하겠다……

우리에겐 너무 익숙한 말이고, 매번 가슴이 내려앉는 말이다. 메모리얼 병원이 내린 그 오판의 결과는 45명 사망이었다.

식량과 의료물자가 완전히 동나고 환자들이 위독해지기 시작하자 병원 측은 결국 독자적인 탈출에 나선다. 그러나 이송이 어려운, 즉 생존 확률이 낮은 중환자들은 병원에 그냥 두고 가기로 결정한다. 뒤이어 내려진 조치가 다름 아닌 안락사였다. 남아서 고통스럽게 죽게 하느니, 미리 안락사를 시키고 가는 편이 낫겠다고 의료진은 판단한 것이다.

그 판단이 옳았냐 틀렸냐의 논란은 어차피 허망하고 부질없는 일이다. 이 사태는 진즉부터 '가만 있지' 않고 움직였더라면 얼마든 피할 수 있었던 일이기 때문이다.

사실 이 병원뿐만이 아니었다. 뉴올리언스 관내 교도소에서도 비슷한 사태가 벌어졌다. 제방이 붕괴될 때 보안관과 교도관들이 일부 재소자들을 대피시키긴 했지만 그 기회를 놓친 재소자 6백여 명은 침수된 감방에 고립되었다. 음식은 당연히 끊겼고 머리까지 차오른 물에 익사하는 사례도 잇따랐다.

그런데도 당국은 구조는커녕 그들의 탈옥을 막아야겠

다며 감시 인력만 추가로 투입했다. 탈출하려는 죄수들을 사살하라는 명령까지 내려졌으니 수감자들은 옴짝달싹 못한 채로 변을 당한 것이다.

'그 자리에 가만히 있으라'는 말이 불러온 이 비극의 사례들은 필연적으로 세월호를 떠올리게 한다. 구조 체계 자체가 허술하게 돌아갔던 것도 유사점이라면 유사점이다. 태풍 카트리나 당시에도 각계에서 자원봉사자들이 구조를 돕겠다고 뉴올리언스로 몰려들었지만, 당국은 그들을 제대로 활용하지 못했다. 연방재난관리청은 구호 인력과 물자 그리고 그들을 실어 나르겠다는 버스와 트럭까지 대부분 '사양'했다.

당시 연방정부와 지자체들은 인명 구조보다는 사회 시스템의 유지와 안정에 더 신경을 쓰는 분위기였다. 당국이 두려워한 것은 어쩌면 인명피해보다도 폭도들의 출현 가능성이었을 것이다. 거리로 몰려나온 난민들(주로 흑인들)을 무작정 폭도로 간주하는 기류마저 형성되어 있었다. 일부 상점에서 발생한 약탈 사례 등을 일반적인 현상으로 확대 해석해 이재민 전반에 감시와 의심의 눈초리를 보낸 것이다.

난민이 몰려 있는 구역에 자원봉사자들이 접근하고자 했을 때도 그런 이유로 막았다. 피해 지역이라기보다는 위험 구역, 뭔가 말썽의 소지가 있는 지역으로 색안경을 끼고 본 것이다. 그렇게 재난의 피해자들을 피해자가 아닌 잠정 가해자로 보는 시각 하에서는 당국의 조치도 당연히 구조가 아닌 진압 쪽에 초점이 맞춰질 수밖에 없다.

현지 군경은 이재민들이 안전한 곳으로 빠져나오도록 유도하기는커녕 나오지 못하도록 통제하는 데 더 큰 힘을 썼다. 인명 구호보다 통제가 더 중요하다고 판단하는 정치의 논리가 인도주의 위에 자리 잡고 있었던 것이다.

세월호 당시에도 민간 잠수사들과 전직 군경 요원들이 수색구조를 돕겠다며 진도 해역으로 몰려들었으나, 해군과 해경은 그들을 제대로 활용하지 못하고 오히려 알력 다툼 속에 방치했다는 논란도 제기된 바 있다. 또 일부 정치권이나 언론에서는 진도체육관에 모여 생활하는 실종자 가족들을 뭔가 '말썽의 소지가 있는' 존재들로 바라보는 시각 또한 없지 않았다. 여러모로 카트리나 당시의 뉴올리언스 상황과 유사한 대목이다.

뉴올리언스에서는 결국 보다 못한 민간인들이 개인 소유의 보트 등을 몰고 군경의 감시를 피해 독자적인 구조 활동을 폈다. 그들은 수몰 지역으로 '몰래' 접근해 들어갔고, 고립된 사람들을 '몰래' 구해냈다. 구조는 그렇게 '몰래몰래' 해야 하는 일이 되어버렸다.

카트리나 사태를 심층 취재한 또 한 명의 목격자이자 의사인 리처드. E. 다이히만은 2007년 미국에서 발표한 책 《코드 블루: 카트리나 내과의사의 회고록Code Blue: Katrina physician's memoir》에서 당시의 황당한 실상을 상세히 전한다. 예컨대 수몰 현장에서 만난 어느 텍사스 출신 부자父子는 이렇게 말했다고 한다.

"우리가 구조 보트를 가지고 여기 왔을 때 군경이 우리를 마을로 들여보내지 않았어요. 오히려 돌려보내려 했죠. 우리는 돌아가려고 여기까지 온 게 아닌데 말입니다. 그래서 일단은 경찰들을 안심시켰죠. '좋아요. 돌아갈게요.' 그러고는 다른 경로로 몰래 배를 우회해서 들어왔습니다."

이렇듯 인명을 구하는 일이 마치 불법처럼 간주되는 아이러니가 벌어졌다고 저자는 비판한다. 그는 당시 뉴올리언스와 주변 마을은 물론이고 텍사스처럼 먼 도시에서 몰려온 자원 구조사들이 개인 보트로 '함대를 이뤄' 피해지역에 쏟아져 들어왔다고 회고했다. 세월호 당시 자발적으로 선체에 접근해 학생들을 구해냈던 진도 어민들이 생각나는 대목이다.

재난은 촌각을 다투는 일이다. 귀한 목숨들이 경각에 달렸고 1분 1초의 판단이 생사를 가른다. 무엇보다 '가만있지 않고' 어떻게든 방법을 찾아보려는 노력, 방법이 엿보이면 일단 시도해보는 결단, 움직여야 할 때 빨리 움직이는 적극성이 조금이라도 살릴 가능성을 높인다. 그 증거를 세월호와 카트리나 등에서 우리는 역으로 목격했다. '가만히 있으라'는 오판의 결과는 매번 참극이었다.

#26

집으로

"Bring him home"

"반드시 돌아갈 것이다"

맷 데이먼이 주연한 영화 〈마션〉의 미국판 포스터와 한국판 포스터에는 각각 위와 같은 문구가 쓰여 있다.

'그를 집으로 데려가리라' 그리고 '(나는) 집으로 돌아가리라.'

이 문구들은 영화 전반을 관통하는 핵심 주제에 맞닿아 있다. 구해야 하는 자들과 살아 돌아가려는 자의 입장을 각각 상징적으로 대변한다. 화성 탐사 중 고립된 맷 데이먼은 사지에 버려진 자의 연기를 또 한 번 완벽히 소화해낸다. 따지고 보면 그의 히트작 '본' 시리즈도 장르는 다르지만 비슷한 면이 있다.

1) 홀로 버려졌다.

2) 살려고 분투한다.

3) 원래의 나로 돌아가고자 한다.

영화 〈마션〉에서, 고향별 지구로 돌아오고 싶어 사투를 벌이는 주인공을 위해 지구촌은 최대한 힘을 모은다. 단 한 명을 구해내려고 기꺼이 천문학적인 자원을 투입한다. 영화가 아닌 실제였더라도 과연 그 모든 위험과 변수를 감안하고 살리러 갈 것인가에 대해서는 확신이 어렵다.

그러나 한 가지 확실한 것은, 살 수 있는 가능성이 단 1퍼센트라도 있다면 인류는 반드시 그의 생사에 관심을 기울일 것이고 끝까지 생환을 바랄 거라는 점이다. 그게 휴머니즘이다. 혹자는 반문할 수도 있다.

"왜 그 사람에게만 유독 관심을 두는가? 하루에도 수만, 수십만 사람이 죽어나가는데 왜 그 한 사람만 유별나게 챙기려는 것인가?"

가능한 질문이다. 그러나 거기에 대해서는 또 나름의 이유를 설명해볼 수 있다. 다음 두 가지가 그것이다.

하나. 그가 가진 상징성 때문이다. 우리가 발을 딛고 선 이 땅이 아니라 낯선 행성에 홀로 떨어져 고립된 주인공은 자연스럽게 인류의 생명을 상징하게 된다. 지구별 바깥에 있는 그는 지구별 안에 있는 인간 모두를 대변한다. 그가 살아야 인류가 상처받지 않는다. 그러므로 그에 대한 연민과 응원은 당연하다.

만일 그가 우리와 같이 지구 내부의 어딘가에 고립돼 있었더라면 아마도 그 정도의 관심은 받지 못했을 것이다. 집 안에서 늘 보는 아들과, 군대에 보내놓은 아들을 생각하는 어머니의 마음은 다른 것처럼.

둘. 사람의 생명을 구해낼 가능성이 분명히 엿보였고, 그 가능성의 구현 여부를 모두가 실시간으로 지켜보게 됐다는 점이다. 처음에는 나사NASA가, 나중에는 전 인류가 TV로 상황을 지켜본다. 이토록 생생히 지켜보면서 그 생명에 관심을 가지지 않을 수는 없는 것이다. 관심이 전혀 안 간다면, 그건 정서적으로 문제가 있는 사람이다.

이 영화를 보기 이틀 전이 세월호 참사 6주기였다. 한편에서는 추모가, 또 한편에서는 (매년 그래왔듯) 막말이 교차했다. 세월호 추모를 그만하자고 하거나 비난하는 쪽의 논리가 그것이다.

"왜 너희들만 유독⋯⋯"

따지고 보면 우리 세상에는 전쟁도 있고 자연재해도 있고 교통사고도 있고 서해페리호 침몰과 천안함 폭침 등 수많은 참사가 있었는데, 왜 이 사건만 오랫동안 물고 늘어지냐고 물을 수 있다.

상식적으로 가능한 문제 제기이다. 서해페리호, 천안함⋯⋯ 당연히 우리가 가슴 아프게 기억해야 할 비극이 맞다. 다만 "왜 유독 세월호에만?"이라는 질문에 굳이 답을 찾아야 한다면 나는 〈마션〉의 두 사유를 그대로 대입해보고 싶다.

하나. 마찬가지로 상징성이다. 그들은 우리가 발 딛고 선 이 안전한 '땅'이 아니라, '바다'라는 어둡고 낯선 공간에 고립된 채로 인간의 실낱같은 생명을 상징했다. 여느 재난들처럼 발생과 동시에 희생되고 만 것이 아니라, 침몰하고도 여러 시간, 여러 날들을 살아 있었을 것으로 추정된다. 마치 화성에 살아서 고립된 〈마션〉의 주인공처럼.

그러므로 이 안전한 땅에 있는 우리는, 안전하지 못한 곳에 떨어진 그들의 생환을 간절히 바라고 그것을 공동체의 운명처럼 받아들이게 된다. 그들의 목숨이 곧 우리 목숨처럼 느껴졌다. 진도 앞바다에 갇힌 채 천천히 생명의 불이 꺼져갔던 아이들의 목숨이 곧 나의 목숨, 내 가족의 목숨 같았던 것이다.

둘. 살려낼 가능성이 한참 동안 남아 있었고 그 가능성의 구현 여부를 실시간으로 지켜보았다는 점이다. 그런 비극은 초유의 비극이었다. 모든 것이 실시간이었다. 그 거대한 배가 기울고 뒤집히고 가라앉는 전 과정 그리고 돌아오지 못하는 이들의 참담한 상황까지, 그 모든 것을 대한민국 전원이 생중계로 지켜봐야만 했다. 그 충격을 어찌 쉽게 떨칠 수 있으랴. 그런 충격은 잊히기 힘든 충격이다.

물론 사람마다 차이는 있을 수 있다. 똑같이 충격을 받았더라도 누군가는 빨리 떨쳐내고 누군가는 오래 가슴에 묻고 천차만별일 수밖에 없다. 빨리 잊는 사람에게는 빨리 잊는 이유가 있을 것이다. 각자의 생각이 다 다르므로 마땅히 존중해야 할 일이다.

그러나 빨리 잊는 사람을 얼마든지 존중해줄 수 있듯, 잊지 못하는 사람 또한 존중 받아야 한다. '왜 자꾸 잊지 않고 끄집어 내냐?'라고 따지고 욕해서는 안 되는 것이다. 잊고 싶어도 잊히지가 않는다는 걸 어쩌겠는가. 매년 추모일마다 SNS에 절절한 글과 노란 리본 사진을 올리는 사람들, 아직 잊지 못하는 사람들이다. 충격과 슬픔으로부터 미처 빠져나오지 못한 사람들이다.

어느 위정자들의 말처럼 세월호를 '정치적으로 이용하는' 사람, 물론 있을 수 있다. 일종의 코스프레로 리본을 다는 사람, 있을 수 있다. 인간이 이다지도 다양한데 어찌 그런 사람 몇 명쯤 없으랴.

그런데 그렇지 않은 순수한 사람들까지 싸잡아 비난해서는 안 되는 것이다. 슬픔을 조롱해서는 안 되는 것이다. 정말이지 그건, 인간으로서 실격이 아닐 수 없다. 충분히 더 살릴 수 있었던 사람들을 살려내지 못했다는 그 하나의 이유만으로도 우리는 마땅히 숙연해져야 한다.

영화 〈마션〉을 보면 주인공의 이런 대사가 나온다.

"가만 앉아서 죽을 게 아니라면 '살려고' 노력해야지."

그 대사를 조금 바꿔보면 이렇게도 쓸 수 있을 것이다.

"가만 놔두고 죽일 게 아니라면 '살리려고' 노력했어야지."

이 한탄을 세 번째 사유로 추가한다.

4장

역병의 시절

코로나19, 첫 1년의 기록

진실로, 빛을 발견하는 것은 어둠 속에서입니다.
그래서 우리가 슬픔에 빠졌을 때
빛은 우리에게 가장 가까이 있습니다

마이스터 에크하르트Meister Echhart

#27

재앙의 서막

놈은 축제의 날에 왔다. 한 해의 마지막 날, 제야의 종소리가 울리고 'Happy new year'의 성대한 불꽃이 터지기 몇 시간 전, 그것은 정체를 숨긴 채로 우리 앞에 처음 존재를 드러냈다.

2019년 12월 31일, 중국 언론은 "원인 불명의 폐렴"이 등장했다고 최초로 보도하였다. 우한의 한 시장을 중심으로 환자가 속출하고 있으며, 그것이 '사스'라는 풍문이 돌고 있다고.

그렇게 익숙한 가짜 이름으로 위장한 채 놈은 우리 곁으로 다가왔다. 미증유이고 전대미문이면서, 인류 최악의 재난으로 기록될 거였으면서…… 우리는 속았고, 그러므로 몰랐다. 우리 앞에 닥칠 대재앙을, 그 재앙의 살기를.

인류가 가장 들뜬 날이자 새 희망으로 부풀어 있던 날에 희대의 역병이 찾아왔다는 것은 참으로 아이러니가 아닐 수 없다. 그날 이후로 나는 코로나19를 생각할 때마다 그것이 간교한 지능을 가진 생명체가 아닐까 하는 몽상을 하곤 하였다. 이는 코로나 바이러스가 가진 그런 특성, 즉 인간의 허를 찌르는 듯한 교묘한 양상 때문이다(우리가 언제 어떤 식으로 '그 놈'에게 옆구리를 찔렸고 뒤통수를 맞아 왔는지에 대해서는 뒤에 설명할 차례가 있을 것이다).

이 날 국내 언론도 이 비극의 시작을 몇 줄의 단신으로만 짤막하게 보도하고 넘어갔다. 어쩔 수 없는 노릇이었다. 처음 등장한 이 질병에 대해 정보도 충분치 않았고,

출처라고는 중국발 외신밖에 없었으니까. 그 중국발 기사에는 어떤 실체도 담겨 있지 않았으니까. 게다가 12월 31일이라는 시점은 매년 빼놓지 않고 언론사마다 송년 특집, 신년 특집을 준비하느라 분주할 때이다. 바다 건너 정체 모호한 폐렴의 등장 소식에 귀를 기울일 여유도, 이유도 없었다.

그렇게 모두들 바쁘고 조금은 들뜬 채로 정신없이 흘려보내는 하루였다. 다음 날 맞이하게 될 새해는 예년의 그 'Happy' New Year가 아닌, 완전히 다른 시간이 될 거라는 걸 모른 채로 말이다. 그렇게 우리의 무지 속에서 COVID-19 바이러스는 이듬해를 완전히 집어삼킬 시동을 걸고 있었다.

5개월 뒤 호흡기 내과 의사 이낙원이 발행한 책 《바이러스와 인간》(글항아리, 2020)에서는 당시의 상황을 이렇게 묘사한다.

"누구도 2020년 초반에 행선지도 모르는 기차를 타게 될 줄 몰랐다. 인류 전체가 이미 같은 기차에 타고 있는 신세……

기차는 앞을 향해 가니 결국엔 터널 밖으로 나가게 될 텐데, 우리 중 누구도 터널 밖 세상에 가본 적이 없다."

#28

안개 저 편에

20일 걸렸다. 우한발 바이러스 소식이 처음 전해지고 3주째 되던 날, 한국에서도 첫 감염자가 나왔다. 중국은 그사이 초토화됐다. 바이러스의 정체는 사스도 아니고 단순 폐렴도 아닌 전례 없는 '독종'으로 판명 났고 전 세계에 비상이 걸렸다.

국내 첫 감염자는 중국 국적의 여성이었다. 우한을 떠나 인천공항으로 들어왔다가 입국장에서 증세가 감지돼 병원으로 옮겨졌다. 이후 확진 판정이 나왔다. 우리에게도 올 것이 오고 말았다는 탄식이 쏟아졌다. 민족의 명절인 설을 불과 닷새 앞둔 시점이어서 분위기는 더 뒤숭숭했다.

이제 곧 설맞이 대이동이 시작될 텐데, 정부도 시민들도 걱정이 높았다. 특히 지난 3주에 걸쳐 중국 상황이 급속도로 악화되는 과정을 생생히 지켜봤기 때문에 국민들의 공포지수는 치솟았다.

전염병이란 아주 작은 가능성만으로도 극도의 불안을 유발하는 존재이다. 눈에 보이지도 않는 것이 우리의 생명을 위협해대니 공포는 금세 패닉으로 번진다. 이미 신종플루, 사스, 메르스 등을 통해 겪은 바 있다.

패닉은 안개 속을 헤매는 일과 같다. 한 치 앞도 보이지 않는 곳에서 저마다 손을 뻗어 탈출구를 찾으려 할 때, 그 손에 잡히는 타인은 동지이거나 적이거나 둘 중 하나가 된다. 가는 방향이 같으면 동지이고 서로 다른 출구를 가리키면 적이 되기도 한다. 위급 상황에서는 그렇게 맥없이 편 가르기가 벌어진다. 공황이 무서운 것은 그 안에서 갈등, 배척, 혐오의 기운이 쉽게 싹튼다는 점이다.

우리는 경험해보지 못한 위기를 마주하게 되면 황급히 대책을 모색하는 과정에서 저마다의 신념과 관점을 그 안에 반영하고 싶어 한다. 이때 생각만큼 자기 의견이 받아들여지지 않거나 반대쪽 의견이 더 득세할 경우 맥없이 분노가 형성된다. 대립과 갈등이 그 다음 수순이다. 온라인 기사의 댓글들을 보면 그런 뾰족해진 정서들을 쉽게 목격할 수 있다.

이번 사태에서도 순식간에 반목 기류가 형성되기 시작했는데, 제일 먼저 불거진 의견 대립 주제는 '국경 봉쇄' 여부였다. 중국을 비롯한 외국인들의 입국을 원천 차단하느냐, 아니면 입국은 허용하면서 공항 검역에 주력하느냐를 놓고 날카로운 공방이 벌어졌다. 댓글 여론이 빠른 속도로 갈라지고 있었다.

스티븐 킹의 소설을 원작으로 한 영화 〈미스트〉에는 인간사회의 이런 면이 상징적으로 담겨 있다. 영화 속 시민들은 갑자기 나타난 정체불명의 거대 곤충들에게 쫓겨 마트 안으로 숨어드는데, 영문도 알 수 없는 바깥 상황에 불안해하다가 결국 두 패로 갈리게 된다. 문을 닫아 걸고 끝까지 안에서 버티자는 사람들과, 두렵더라도 밖으로 나가서 다른 살 길을 찾아보자는 사람들로 팽팽히

나뉜다.

괴물들은 연신 창문으로 날아와 몸을 부딪쳐대고 일부는 마트 내부로 들어와 사람을 공격하기도 했다. 계속해서 안에 머물기도, 그렇다고 밖으로 나가기도 애매한 진퇴양난의 상황이었다.

창밖으로는 짙은 안개마저 자욱해져 미지의 공포를 가중시켰다. 문밖에 괴물들이 얼마나 많이 몰려와 있는지, 얼마나 가까이에 있는지조차 가늠이 되지 않았다.

2020년 1월의 우리에게는 코로나 바이러스가 그 괴물이기도 하고 동시에 안개 같기도 한 존재였다. 보이지도 않고 정체도 알 수 없는 무언가가 우리의 숨통을 옥죄고 있었다.

영화 속에서 극도의 불안감 속에 대치하게 된 두 무리는 서로를 미워하고 헐뜯다가 급기야 물리적 충돌까지 벌인다. 마트 바깥으로 몰려와 있는 괴물들보다, 오히려 사람과 사람이 서로에게 더 위협이 되는 지경에 이른 것이다. 그 와중에 누군가는 종말론을 꺼내들고, 그 종말론에 동조하며 신을 부르짖는 사람들이 늘어가면서 편 가르기는 심화된다.

난데없이 교주 역할처럼 부상한 여성은 온갖 검증되지 않은 주장을 쏟아내며 사람들을 현혹했다. 요즘 말로 치면 모두 가짜 뉴스인 셈이다. 예컨대 지금의 이 사달은 이미 성서에 예언되었던 일이라든가, 구원받을 방법이 따로 있다든가 하는 솔깃한 주장들이었다. 물론 다 지어내거나 갖다 붙인 이야기들이다.

그럼에도 전대미문의 위기와 혼란 속에서 그 '가짜'들은 의외의 괴력을 발휘한다. 멀쩡한 사람의 상당수가 그녀의 정신 나간 이야기에 귀를 기울이고 순식간에 중독되어 버렸다. 허무맹랑한 주장들이 진실 취급을 받기 시작하자 믿지 않는 사람들은 적이자 공격의 대상이 되고 말았다. 그렇게 일종의 광신도 집단이 순식간에 형성되어버렸다.

이 시대 우리 현실에서도 온갖 가짜 뉴스의 열혈 신봉자들을 보노라면 하나의 광신도 집단 같다는 생각이 들곤 한다. 가짜가 만들어지고 빠르게 유포되는 과정 자체가 일종의 종교에 가까운 느낌이다. 믿는 사람은 그야말로 무조건 믿기 시작하고 안 믿는 사람들을 철저히 배척한다. 그러다보면 자연스럽게 '네 편 내 편' 하는 편 가르기로 이어지면서 사회는 갈등과 혼란으로 점점 빠져든다.

위중하고 다급한 상황일수록 오판과 그 오판의 전염 속도는 더 빨라진다. 삽시간에 오판이 진실이 되고, 가짜가 진짜보다 강력한 추종 세력을 얻어 하나의 권력으로 부상한다.

2016년에 옥스퍼드 사전은 '올해의 단어'로 '탈 진실 post-truth'을 선정한 바 있다. 가짜 뉴스나 감정적 선동에 농락당하며 대중이 진실로부터 멀어지는 현상을 시대의 한 기류로 진단한 것이다. 옥스퍼드 측은 "공중의 의견(여론)을 형성하는 과정에서 객관적 사실보다 감정적인 호소가 더 먹히고 있다"고 지적했다.

정보통신의 발달로 여론 가공과 전파의 기술도 고도화되고 있으니 '탈 진실'화는 갈수록 심해지는 양상이다. 구글의 '딥러닝 프로젝트'를 감독했던 앤드류 응 스탠퍼드 대학 교수는 인공지능의 4대 과제 가운데 하나로 이 '가짜 뉴스 걸러내기'를 꼽기도 했다[나머지 세 개 과제는 기후·환경 문제 대응, 코로나19를 포함한 헬스 케어, 설명 가능한 AI(윤리적·논리적으로 인간을 납득시킬 수 있는 인공지능을 말함) 등이었다].

그 무렵, 코로나19와 관련해서도 가짜 뉴스들이 본격적으로 등장하기 시작했다. 온라인 메신저나 동영상 공유 사이트를 통해 급속도로 번져나간 이야기들은 주로 중국 도심에서 멀쩡한 사람들이 픽픽 쓰러진다거나, 의사들이 진료를 거부해서 환자들이 죽어나간다거나 하는 정체불명의 내용이었다. 국내에서는 한국 정부가 감염자 수를 축소 은폐하고 있다는 주장도 제기됐다.

무엇이든 정확한 사실을 바탕으로 한 뉴스라면 당연히 알 권리 차원에서 중요하겠으나, 조작되고 왜곡된 것이라면 혼란만 가중시킨다. 가뜩이나 어지러운 위기 상황 속에서 가짜는 대중의 분별력을 더 어지럽힌다. 나는 그러한 가짜들이 또 하나의 바이러스가 아닐까 하는 생각도

해보았다. 전파되고 확산되는 양상뿐 아니라 공동체에 미치는 위악까지, 바이러스와 다를 바가 무엇이겠는가.

세계보건기구는 몇 주 뒤 '인포데믹infodemic'이라는 용어를 공식적으로 들고 나온다. Information(정보)과 epidemic(유행병, 확산)을 합성한 말로, 미확인 루머나 거짓 정보의 확산 현상을 일컫는다.

예컨대 코로나19 바이러스가 5세대 이동통신(5G) 때문에 더 빨리 퍼졌다든가, '그림자 정부'가 세계 인구를 줄이기 위해 일부러 바이러스를 퍼뜨렸다는 식의 음모론이 지구촌을 뒤흔들었다.

세계보건기구는 이러한 소문들이 그 자체로 하나의 전염병처럼 번져 혼란과 공포를 가중시킬 수 있다고 지적했다. 결국 인류는 팬데믹뿐 아니라 인포데믹과도 싸우게 되었으니 그야말로 이중의 적과 맞서게 된 셈이라고 말이다.

#29

웰컴 우한

"전쟁도 이런 전쟁이 없다, 야……"

하루 종일 TV뉴스에서 눈을 떼지 못하던 어머니가 저녁 밥상에서 이렇게 말씀하였다.

"내가 6·25를 겪은 사람인데 이제는 이런 황당한 전쟁도 다 겪네."

긴 한숨이 뒤를 이었다. 하긴, 총알이 날아다니고 미사일 포탄이 떨어져야만 전쟁이겠는가. 어쩌면 총보다 군인보다 더 무서운 바이러스가 문 밖에 와 있는지도 모르는데. 막연하고도 만연한 공포, 일상을 조여드는 불안, 날카로워지는 사람들 그리고 속출하는 감염자들…… 전염병이라는 팬데믹 또한 일종의 전쟁과 다름없었다.

어머니는 몇 가지 전쟁 트라우마를 갖고 있다. 무엇보다 폭격을 경험했던 당사자로서 쿵쿵대는 일체의 중저음 소리를 무서워한다. 영화를 보거나 음악을 듣다가도 깜짝깜짝 놀라는 이유가 거기에 있다. 나는 수시로 오디오의 볼륨을 조정해야 한다. TV든 라디오든 카오디오든 어머니가 들을 때는 일단 베이스 음량부터 최저치로 낮춘다. 안 그러면 그 쿵쿵거리는 울림소리가 마치 폭발음이나 탱크의 진격 소리처럼 들린다며 불안해한다.

그 증세는 장장 70년을 이어왔다. 트라우마란 이토록 뿌리 깊은 것이어서, 한 사람의 전 생애를 물고 늘어진다. 그런 어머니가 이제 또 다른 전쟁을 겪는다니 남은 생에 또 하나의 트라우마가 추가되는 건 아닌지 걱정이다. 외출이 꺼려지고, 만남도 주저하게 되고, 나아가 사람 자체를 두려워하게 되는…… 고립 말고는 모든 것이 위험하게만 느껴지는 그런 트라우마.

사실 어머니뿐만이 아니다. 아직 어린 나의 아이들, 지금 자라나는 어린 세대가 이 시절을 하나의 트라우마로 떠안게 되는 건 아닌지도 걱정이다. 훗날 그들에게 2020년의 추억은 팬데믹 말고는 딱히 떠올릴 게 없는 상황이 될지도 모른다.

중국 우한에 갇혀 있던 우리 교민들이 2020년 2월에 전세기를 타고 속속 귀국했다. 전쟁터를 빠져나온 기분이었을 것이다. 바이러스 보균 가능성 때문에 곧바로 귀가하지는 못하고 임시 생활시설에 격리되었는데, 예를 들어 3차 전세기 탑승객들은 경기도 이천으로 배정되는 식이었다.

하지만 인근 주민들에게는 그것이 반가운 소식일리 없다. 왜 하필 우리 마을이냐며 정부에 항의하는 목소리도 들려왔다. 그러나 그것도 잠시. 막상 교민들을 태운 버스가 현지에 도착하자 이천 주민들은 '반전' 현수막을 내걸었다.

"웰컴 우한!"

"교민들을 환영합니다."

"편히 쉬었다 가세요."

이천 주민들이 자발적으로 게재한 현수막에는 이런 문

구들이 적혀 있었다. 우한에서 왔다는 이유로 괜히 미안해하거나 불안해하지 말고 마음 놓고 지내다 가라는 응원이었다. 쉽지 않은 결심이었을 텐데, 절로 마음이 뭉클해졌다.

이 무렵 전개된 이른바 '착한 임대료 운동'이라는 것도 감동적이었다. 코로나19 때문에 상인들 장사가 안 되니 상가 임대료라도 좀 깎아주자는 캠페인이 점포주들을 중심으로 일어났다. 아예 당분간은 월세를 안 받겠다는 건물주도 나왔다. 전주 일대에서 처음 시작된 이 운동은 임대인들의 '상생 선언문'으로 세상에 알려졌고 다른 지역으로도 확산되었다.

가뭄에 단비가 내린 것처럼 임차 상인들은 환호했고 여론도 반갑게 호응했다. 한 달 넘도록 어두운 소식만 가득했는데, 이만하면 아직 살 만한 세상이라고 가슴을 다독이는 사람들도 많았다. 이천 주민들도 그렇고 착한 임대인들도 그렇고, 세상에는 여전히 감사할 수밖에 없는 사람들이 많다. 2020년 2월 13일 아침, 나는 뉴스의 클로징 멘트를 다음과 같이 썼다.

"우한 교민들을 따뜻하게 환대해준 지역사회 주민들을 보면서 다시 한번 함께 사는 세상임을 깨닫습니다. '님비'가 아닌 '웰컴'으로 맞이해준 그분들께 저도 감사의 말씀 꼭 전하고 싶었습니다. 고맙습니다. 오늘 뉴스 마칩니다."

#30

마음의 감옥

2020년 2월 22일, 주말을 맞아 고향에서 친구의 결혼식이 치러졌다. 모처럼 강원도로 내려가는 길은 텅 비어 있다시피 했다. 휴일임에도 고속도로, 지방도로 할 것 없이 한산했고 지나는 마을마다 인적이 드물었다. 도로에 마치 소개령이라도 내려진 듯 차간거리, 사람 간 거리가 멀찍했다.

늦장가 드는 친구는 성당에서 결혼식을 치렀는데 혼배미사도 마냥 잔치 분위기만은 아니었다. 입구에서 다들 손소독제를 뿌리고 마스크부터 챙기느라 어수선했다. 오랜만에 만나는 사람들은 서로를 잘 알아보지도 못했다. 마스크로 얼굴을 꽁꽁 가리고들 있으니 간만에 만난 지인끼리도 분별이 영 어려웠다.

그렇게 입장한 식장에선 가급적 자리를 띄워 앉아달라는 안내방송이 연신 울려댔다. 예식 도중에는 일제히 하객석에서 '삐빅!' 하고 한바탕 요란한 소리가 나는데, 알고 보니 지자체에서 보내온 알림메시지, 즉 재난 문자였다. 하객들이 일제히 전화기를 꺼내드는 생소한 풍경……

나도 이게 무슨 일인가 하고 전화기를 들여다보았더니 건조한 어투의 문자가 한 줄 떠 있었다. '춘천에 환자 두 명 발생.' 강원도 첫 확진 소식이었다. 하필 모처럼 고향을 찾은 날, 나를 기다리고 있던 것은 그런 메마른 소식이었다.

앞서 사흘 전 대구에서는 '신천지 교회발' 집단 감염이 있었다. 그 여파가 이렇게 전국적인 냉기로 확산되는 중이었다. 오랜만에 찾은 고향에도, 그 고향을 지키는 친구의 경사스런 예식에도 불안과 두려움의 기운이 역력했다. 산중 마을은 가뜩이나 적막한데 역병의 냉기로 더 썰렁했다.

나는 간만에 안긴 고향의 품에서 하룻밤도 묵지 못하고 서둘러 상경했다. 돌아오는 길도 마찬가지로 텅 비었다. 청정 지역이던 강원도도 뚫렸고, 신랑신부는 신혼여행을 포기했다.

고 박완서 작가의 유고 산문집 《세상에 예쁜 것》(마음산책, 2012)을 보면, 작가가 한국전쟁 당시 군인들을 피해 한 달 남짓 강원도 산골에 숨어 지냈던 경험을 회고하고 있다. 박완서 작가는 그 때 처음 문명세계로부터 단절된 채 갇혀 지내는 일의 괴로움이 어떤 것인지를 알게 되었다고 한다.

나는 종이와 활자로부터 완전히 단절된 시간을 갖게 되었는데 그 시간을 견디기가 얼마나 고통스러운지 곧 미쳐버릴 것 같았다. 마침 다 떨어진 벽지를 군데군데 땜질한 신문지 활자가 보였다. 나는 그 얼마 안 되는 활자를 읽고 또 읽고 나중에는 반닫이 위에 올라서서 천장을 땜질한 활자까지 읽었다.

공간에 갇혀 있는 것이 몸의 감옥이라면, 그 안에서 아무런 정서적 교류나 지적 활동을 할 수 없는 것은 마음의 감옥일 것이다. 박완서 작가는 당시에 몸과 마음 모두 갇혀 있었지만 마음의 감옥이야말로 '미쳐버릴 것 같았다'고 회고한 것이다.

한데 이런 이야기를 요즘 현실에서 주변 사람들로부터도 제법 많이 듣게 된다.

"정말 미쳐버릴 것 같아."

코로나19 때문에 갇혀 지내는 날들이 많다보니 몸과 마음이 모두 수감 상태임을 호소하는 사람들이 적지 않다. 감염자나 격리 대상자들은 의무적으로 특정 시설에 갇혔을 것이고, 일반인들도 웬만하면 집 밖에 나가길 꺼려하면서 스스로를 감옥에 가두고 있다.

나의 아버지가 갇힌 곳은 요양병원이다. 1939년 생인 아버지는 지난해 팔순을 넘겼지만 그 무렵의 가족모임을 끝으로 더 이상 식구들과 한 자리에 모일 기회를 갖지 못했다. 여러 지병으로 2019년 초가을부터 요양원과 요양병원 신세를 지게 되었는데 2주 전부터는 코로나19 때문에 면회마저 금지되어 가족으로부터 완전히 단절되었다.

최근 들어서는 섬망 증세와 욕창까지 심해졌다고 하는데 나는 아버지의 구체적인 병세를 눈으로 직접 살피지도 못하고 있다. 문밖의 바이러스가 당신을 좁은 병실 안에 꽁꽁 가두어버렸고, 나와 가족은 마음의 감옥에 갇혀버렸다. 형량은 현재로서는 무기이다. 그 끝이 언제일지를 아무도 짐작할 수 없다.

#31

모두가 공포를 이야기할 때

2020년 2월 25일, 새벽에 출근해서 조간신문들을 집어 들자 1면 헤드라인부터 숨이 턱! 하고 막히는 기분이었다.

"확진 231명 폭증⋯⋯ 대구 감기 환자 2만 8천 명 전수조사"

"바이러스 직격탄⋯⋯ 입법·사법 멈췄다"

"뒤바뀐 신세⋯⋯ 이젠 중국이 한국인 격리 나섰다"

이 헤드라인들은 당연히 사실을 기반으로 해서 쓰인 것이겠지만 그 행간에는 저마다 어떤 함의들이 녹아 있다. 예컨대 첫 번째 헤드라인 문구는 공포의 레토릭이다. '폭증' 같은 표현이라든가 '감기 환자까지 전수조사'한다는 내용 속에 대중의 불안감을 고조시키는 증폭장치가 들어 있다.

두 번째 헤드라인은 과장이다. 다른 말로 하면 호들갑. 지금의 팬데믹 상황이 심각한 것은 분명하지만 굳이 '직격탄' 같은 전쟁 용어를 씀으로써 충격을 더 키우려하고 있다. '입법·사법 멈췄다'라는 표현도 마치 나라 기능이 마비라도 된 것 같은 극단적 분위기를 조성한다.

실제 뉴스를 뜯어보면 국회에서 감염자가 발생했다는 것과 그로 인해 한시적으로 본회의장이 폐쇄되었다는 정도인데, 헤드라인 문구만 보면 대한민국의 입법 체계가 완전히 마비된 것처럼 보인다. 사법부 관련 뉴스도 마찬가지이다. 재판이 좀 연기되고 검찰의 대면조사가 미뤄진다는 정도였건만 그걸 가지고 신문은 마치 법조체계 전체가 멈췄다는 듯 과장된 표현을 쓰고 있었다.

세 번째는 차별과 배척을 조장할 수 있는 메시지이다. 우리나라를 비롯해 어느 나라든 감염자가 많이 나오면 다른 나라로의 입국에 제한을 당하는 것은 당연한 일인데 '이젠 중국이'라는 표현을 써가며 우리 처지가 한심스러워졌다는 식의 뉘앙스를 풍긴다.

대한민국이라고 무조건 예외일 수야 있겠는가? 중국은 다른 나라 입국자들을 격리시킬 자격조차 없는 것인가? 그 나라 사정이 상대적으로 나아지고 반대로 우리는 나빠졌다면 신세가 뒤바뀜은 당연한 일이다. 국적 불문하고 전파 위험이 높은 나라의 입국자들을 가급적 걸러내는 것이 순리이다. 그렇게 '응당한' 이야기를 갖고 굳이 1면 톱을 장식하면서까지 불편한 대중정서를 조장하고 있다.

사실 신문뿐 아니라 방송도 마찬가지여서, 쓸데없이 자극적인 자막 문구 등으로 불안과 혼란을 가중시키는 경우가 없지 않다. 나를 비롯해서 항상 돌아보고 반성할 일이다.

물론 언론에도 과장되거나 음흉한 수사만 판치는 것은 아니다. 오늘자 조간을 장식한 여러 흉흉한 헤드라인 문구 속에서도 군계일학으로 빛나는 기사가 있었으니 그것은 다음과 같은 내용이었다.

"주변에 '차출됐다' 말하고 대구로 달려온 백의의 전사들……"

상황이 가장 위험한 대구로 자발적으로 집결하고 있는 의료진들의 이야기이다. 진정한 의료인의 정신을 보여주는 그들의 스토리를 어느 신문은 과감하게 1면 톱으로 내걸었다. 감염 공포를 껴안은 채 험지로 모여드는 의사와 간호사들은 그야말로 히포크라테스 선서가 아깝지 않은 백의의 전사들이다. 가족이 만류할까봐 자발적으로 간다는 사실을 숨기면서 '차출'이라 둘러댔다고 신문은 전했다.

'폭증' '직격탄' '뒤바뀐 신세'…… 이런 자극적인 헤드라인 문구와 달리 얼마나 수수하고 따뜻한 메시지인가. 과장 없이 팩트만 전달하면서도 얼마나 공유할 가치가 큰 이야기인가. 나는 오늘 날짜의 모든 신문들을 한데 모아 1면 톱기사 '비교 사진'을 찍은 뒤 다음과 같은 멘션을 달아 SNS에 공유했다.

> 모두가 공포를 이야기할 때 헌신을 이야기하는 것,
> 모두가 혐오를 이야기할 때 사랑을 이야기하는 것,
> 모두가 단절을 이야기할 때 공존을 이야기하는 것.
> 이제 이 시점에서 언론들이 가져야 할 자세는
> '신속·정확' 이런 것보다도, 어쩌면
> '휴머니즘·인간애·상생의 지혜'
> 이런 것들일지도 모릅니다.

#32
불행 중 불행

마스크를 미끼로 한 금융 피싱 수법이 수사 기관에 포착되었다. '공짜 마스크 드립니다'라고 써 있는 스미싱 문구를 조심하라고 경찰이 경고하고 나섰다. 이런 식의 문자메시지에 첨부된 링크를 클릭하면 돈이 빠져나갈 수 있다는 것이다.

비열하고 악질적인 수법이다. 가뜩이나 어려운 시국에 남의 '불행'을 이용해서 '사익'을 챙기려는 사람들, 사기를 쳐서 선량한 이웃을 등쳐먹으려는 사람들이 또다시 활개를 치는 모양이다.

서로 배려하고 돕자는 캠페인들이 '불행 중 다행'이라면, 남을 울려가며 나만 잘살겠다는 꼼수는 '불행 중 불행'이라 할 수 있겠다. 코로나19로 생계가 막막해진 서민들을 노린 '대출 피싱'까지 횡행하고 있다 하니 인간 말종의 끝을 보는 기분이다.

급전이 필요하여 돈을 빌리고자 연락했다가 그나마 남은 돈마저 다 털리게 된다면 그 사람은 어떻게 살아야 하는가? 연민 따위는 눈곱만큼도 없는 것이 피싱 범죄자들이다. 환난을 통해 인간의 숨은 저력을 확인하기도 하고, 동시에 끝 간 데 없는 탐욕을 목격하기도 한다.

피싱뿐 아니라 마스크나 손소독제를 매점매석하는 행위도 마찬가지이다. 일부 업자들이 관련 제품을 미리 싹쓸이해놓고 고가에 팔아먹다가 적발되었다. 그런 사람들은 국가 위기고 뭐고, 오직 돈 버는 일에만 초점을 두

다 보니 차라리 이 사태가 오래 지속되기만을 바랄 것이다. 마스크든 손소독제든 계속 물량이 모자라야 자기는 돈을 더 벌 수 있을 테고, 그런 맥락에서 본다면 코로나19도 최대한 길게 가는 것이 유리하다고 그들은 생각할지 모른다.

'남의 피눈물이 곧 나의 기회'…… 이는, 사람으로서 절대 가져서는 안 될 자세이다. 요즘 테마주 투기 현상을 봐도 씁쓸하다. 마스크나 손소독제 관련 주식종목에 사람들이 개미떼처럼 몰려들고 있다. 상한가를 쳤네, 몇 배가 뛰었네, 별별 이야기들이 어지럽게 나돈다.

사실 거기까지는 어느 정도 용인 가능하다. 물건의 수요가 늘면 기업 가치가 오를 거란 계산까지는 투자의 범주로 봐줄 수 있기 때문이다.

그러나 그 선을 넘어 투기 단계로 접어들면 생각은 순식간에 '삐딱선'을 타게 된다. '확진자야, 제발 더 쏟아져 나와라…… 마스크야 계속 모자라라……' 이렇게 악마의 유혹에 넘어가는 것이다. 이는 과장된 상상이 아니라 실제 기사 댓글창이나 주식 관련 게시판 등에서 흔히 볼 수 있는 이야기들이다.

자기가 산 기업의 주가가 계속 오르려면 이 사태가 더욱 심해지거나 최대한 오래 가야 한다고 생각하는, 그런 '바닥을 찍는' 인성들이 곳곳에서 목격된다. 심지어 사망자가 나오고 확진자가 급증한다는 소식에 환호성을 지르는 사람들까지 있다. 비극을 곧 희소식으로 받아들이는 '인간 말종' 상황에까지 이른 것이다. 사람이 영혼을 팔아서 탐욕을 부리다 보면 자기도 모르게 이러한 극악한 지경에 이르게 된다.

그나마 2020년 3월 5일 나의 마음을 달래준 것은 광주에서 들려온 협진 소식이었다. 광주광역시의 여러 의료기관들이 대구의 코로나19 환자들을 이송해왔다. 대구·경북에 확진자가 폭증하면서 병상이 부족해지자, 제대로 치료도 못 받고 있는 감염자들을 광주의 병원들이 자발적으로 데리고 온 것이다.

대구시를 떠나 광주시로 향하는 구급차들의 긴 행렬은 눈물겨웠다. '불행 중 불행'만 보다가 '불행 중 다행'을 만나니 마음이 조금은 풀리는 기분이었다. 영호남 갈등 따위는 가뿐하게 뛰어넘는 훈훈한 소식이었다.

소방대원들의 활약도 빼놓을 수 없다. 대구는 병상과 의료진만 모자랐던 것이 아니라 환자를 이송할 구급요원마저 모자라 전국의 119 대원들이 지원을 많이 갔다. 2020년 2월 말부터 4월 초까지 930명의 타지역 소방관들이 대구에 집결했다.

코로나19 사태에서 의료진들에 비해 상대적으로 활약상이 덜 알려진 존재가 소방관들이지만, 환자가 발생하면 제일 먼저 대면하고 접촉해야 하는 사람이 119 대원들이다.

40일간의 대구 지원 임무를 마친 소방관들은 4월 3일자로 해단식을 가졌다. 방호복을 벗고 마침내 가족에게로 돌아가는 그들의 모습은, 복면을 벗고 일상으로 돌아가는 슈퍼맨, 배트맨, 스파이더맨보다 멋있었다. 그들이 현실 속에 존재하는 진짜 '슈퍼 히어로'들이다.

대구시를 떠나 광주시로 향하는 구급차들의 긴 행렬은 눈물겨웠다. '불행 중 불행'만 보다가 '불행 중 다행'을 만나니 마음이 조금은 풀리는 기분이었다. 영호남 갈등 따위는 가뿐하게 뛰어넘는 훈훈한 소식이었다.

#33

인과응보

봄을 맞아 티셔츠를 하나 살까 해서 온라인 쇼핑 사이트를 뒤적거리다 재미있는 옷을 발견했다. 익살스러운 일러스트가 그려져 있는데 두 가지 버전으로 출시된 옷이었다. 하나는 '곰이 사람을 때리는' 그림이었고 다른 하나는 '사람이 곰을 때리는' 그림이었다. 나의 선택은 전자였다. 그 편이 왠지 이치에 맞는 것 같았다.

그림에 묘사된 차림새로 볼 때 맞는 사람은 사냥꾼이었다. 곰은 마치 복싱을 하듯 사냥꾼에게 주먹을 한 방 먹이고 있었는데, 나는 아무래도 그 버전이 자연스러워 보였다. 자연계에서 곰이 사람을 때릴 일은 간혹 있을지 몰라도 사람이 곰을 때릴 일은 없지 않겠는가. 그것은 애초에 불가능한 일이다.

곰이 아니라 어떤 동물이라도 사람 쪽에서 먼저 공격할 권리나 능력은 없다. 인간은 자연 상태에서는 웬만한 초식·잡식 동물에게도 상대가 되지 않는다. 도구 없이 맨손으로는 사냥도 어렵고 일대일로 대적하거나 제압할 힘도 부족하다. 정글에서 인간은 팔뚝만 한 원숭이에게도 능멸당할 수 있으며, 초원에서는 순해 보였던 캥거루 한 마리도 상대하기 힘들다[캥거루는 사실 근육질에다 타격기와 서브미션 '초크(목조르기)' 기술을 두루 갖춘 '올라운드 파이터'이다].

동물이 어쩌다 사람을 공격하는 일이 있다면 그것은 본성(본능)에 따른 행위일 것이다. 인간의 입장에서는 불

상사지만 동물에게는 자연스러운 일이다. 그러나 사람
이 먼저 동물을 공격하는 것은 사실 대부분 본성에 어긋
나는 행위이다. 수렵 시대에는 그것이 이치에 맞는 일이
었겠지만 더는 사냥도 필요 없는 시대 아닌가.

요즘 같은 시대에 사람이 동물을 선제공격한다는 것은
본질적으로 학대에 지나지 않는다. 방어나 생존의 차원
이 아니라 취미, 여흥의 차원으로 행하는 모든 공격은 결
국 죄악이다. 낚시든 사냥이든 도살이든 필요 이상이면
모두 악업을 쌓는 일이다.

이번 코로나19의 원인에 대해서 여러 가설들이 제기
됐지만 그중 유력한 것은 보양 동물 숙주설이었다. 박쥐
든 천산갑이든 인간이 보양식으로 잡아먹는 동물이 코
로나19의 숙주로 작용했다면 그것은 일종의 보복, 아니
응징이 아니었을까?

물론 짐승이 어떤 의식을 가지고 일부러 그랬을 리야
없겠지만 자연의 메커니즘이라는 게 결국은 사필귀정의
원칙에 따라 돌아간다고 믿는다.

생존과 무관한 사유로 인간은 타 생명들을 너무 많이
죽여왔다. 단순히 즐기기 위해서 무차별적인 도륙을 축
제로까지 삼아온 게 인간 아니던가. 얼마 전 MBC에서
방영했던 다큐멘터리 '휴머니멀'을 온라인으로 시청했는
데 끝까지 보기가 힘들 만큼 참혹했다. 문화와 전통, 풍
습이라는 미명 하에 산 것들을 잔인하게 학살하는 인간

들이 수두룩했다.

예컨대 동남아 일부 국가에선 코끼리들을 새끼 때부터 어미와 분리시켜 잔혹하게 훈련시킨다. 훈련, 아니 학대의 목적은 코끼리 쇼나 코끼리 관광을 위해서였으니, 동물은 고작 인간의 사소한 여흥과 돈벌이를 위해 제물이 된 것이다.

지능이 높은 코끼리들을 고분고분 복종하도록 길들이기 위해 어려서부터 묶어놓고 매질을 가했으며 심지어 쇠꼬챙이로 머리를 찍어대기까지 했다. 극한의 공포를 주입시켜 야생성을 제거하려는 잔인한 행태였다. 화면 속 코끼리들은 피눈물을 흘리며 신음했다.

그런가 하면 바다의 고래들을 만灣으로 유인해서 '재미 삼아' 작살로 찍어 죽이는 장면도 나왔다(축제랍시고. 고래들을 살육한 바다는 피로 물들어 새빨개졌다). 지구상에서 가장 잔악한 존재를 꼽으라면 단연 인간일 것이다. 당한 것들의 원한이 다 어디로 가겠는가? 인과응보는 자연계 불변의 질서이다.

그나마 코로나19 때문에 인도나 태국의 코끼리 관광 상품도 2020년 대부분 중단되었다. 그럼 코끼리에게 좋은 것 아니겠냐 싶겠지만 여기서 인간의 잔인함을 또 한 번 확인하게 된다. 수입이 없다는 이유로 코끼리들을 그냥 굶기는가 하면, 우리 안에 버려둔 채 떠나는 일이 속출했다.

2020년 9월 인도의 한 관광시설에서는 코끼리 네 마리가 영양실조로 죽었다. 태국에서는 관광업자들이 데리고 있던 코끼리들을 시설에 가둬둔 채 철수해버리는 사태가 잇따랐다.

다행히 동물보호단체가 그들을 구출해 야생 밀림으로 돌려보내는 운동을 전개하였고 그 결과 8개월간 1천 마리의 코끼리들이 자신이 있던 곳으로 '귀향'했다. 갇혀 있던 곳에서 태어난 곳까지, 길게는 150킬로미터에 이르는 먼 길을 그들은 걸어서 돌아갔다.

'인간은 만물의 영장'이라는 말을 나는 좋아하지 않는다. 그 말은 영어로 'the lord of creation'인데, 어째서 인간이 모든 생명체의 '주인' 행세를 하겠다는 건지 도저히 납득할 수 없다.

'영장靈長'이란 말도 사전적으로는 '영묘한 힘을 가진 우두머리(국립국어원 표준국어대사전 참고)'라는데, 사람이 코끼리나 고래보다 영묘하고 모든 생명체의 우두머리라는 근거가 무엇인지 나는 모르겠다.

단순히 지능지수가 높다는 이유로? 도구를 쓸 줄 알아서? 오만하고 몰염치한 발상이다. 수백 수천 년을 쌓아온 그 업보의 청구서가 오늘날 우리에게 날아든 것은 아닐까? 동물 서커스를 보며 좋다고 박수치던 어린 날의 내 기억이 무참하게 느껴지는 요즘이다.

사람이 코끼리나 고래보다 영묘하고 모든 생명체의 우
두머리라는 근거가 무엇인지 나는 모르겠다.

#34
생사의 딜레마

2020년 3월의 유럽은 살풍경 그 자체였다. 의료체계가 코로나19를 감당하지 못하고 붕괴 지경에 이르자 이탈리아에서는 급기야 80세 이상 고령 감염자들의 치료를 후순위로 미루기로 했다. 젊고 회생 가능한 감염자들부터 먼저 치료하겠다는 의미였다.

영국에서는 인공호흡기 등 부족한 의료기기를 배정하는 데 있어 젊고 건강한 사람들, 증세가 덜 심한 환자들을 우선에 두라는 의사협회의 권고가 나오기도 했다. 그런가 하면 스페인의 한 요양원에서는 노인 환자들의 시신이 대거 발견됐는데, 코로나19 감염을 두려워한 직원들이 환자들을 방치한 채 요양원을 떠난 것으로 추정된다. 끔찍하고 비극적인 일들의 연속이다.

이 무렵 우리나라는 유럽에 비해서 코로나19 상황이 나아진 편이었지만 국내 의료계도 한때 같은 고민을 했던 것으로 보인다. 허윤정 전 국회의원은 자신의 저서 《코로나 리포트》(동아시아, 2020)에서 다음과 같이 전한다.

"알려지지 않은 사실이지만 국내에서도 비슷한 주장이 있었다. 모 대학 의료진들은 노인보다 다른 환자 치료에 집중해야 한다고 주장했다고 한다."

환자를 살리는 데 있어서도 우선순위를 따지게 될 줄은, 이 사태 전에는 미처 상상도 못 해본 일이다. 의사들은 만인 앞에 평등한 진료를 하겠다며 히포크라테스 선서를 외우지만, 코로나19처럼 감당 못 할 사태가 벌어지면 그것도 무용지물이 되어버릴 수 있음을 씁쓸히 목격한다.

전염병은 아니지만 재난재해에서도 그런 극단적인 선택지가 의료진 앞에 던져진 일이 있다. 이 책에서 이미 언급한 바 있던, 2005년 허리케인 카트리나가 미국을 휩쓸었을 때의 일이다. 당시 홍수 피해를 입었던 종합병원 '메모리얼 메디컬 센터'에서 의료진은 고령의 중증환자들을 탈출에서 제외시켰다. 살 만한 사람을 우선적으로 살리고(탈출시키고), 그렇지 못한 사람, 약한 사람은 그냥 두고 가겠다는 선택이었다.

의사가 떠난 병원에서 중환자들이 자력으로 살아남을 도리는 없다. 그에 대한 양심의 고통을 덜기 위해서였는지, 아니면 남은 환자들의 고통을 덜기 위해서였는지, 의료진은 병원을 떠나기 전 위중한 환자들을 대상으로 안락사를 집행하였다. 수십 명이 허망하게 목숨을 잃었다.

이 사건은 훗날 윤리에 관한 논란 그리고 법적인 논란으로 오래 이어졌다. 그 결정을 내리고 집행했던 의료진들이 법정에 기소됐고 법원은 유죄 판결로 단죄했다. 모두가 불행으로 끝난 참극이었다.

그때와 같은 상황은 아니지만 지금의 코로나19 사태에서도 의료진이 손을 쓰지 못하고 환자들을 방치하는 사례가 미국 전역에서 목격되고 있다. 의사도 모자라고 병상도 모자라고 병원들마다 아수라장이다. 제때 치료를 받지 못한 고령의 감염자들은 속수무책으로 죽어나가고 있는데, 그들의 시신조차 처리를 못 해 아무렇게나 쌓아놓는 풍경까지 보도되었다. 선진국 중의 선진국이라던 미국에서 왜 이런 일이 벌어지는 것일까?

2000년대 이후로 미국의 의료 서비스는 사실상 붕괴해왔다고 사회학자 마이크 데이비스는 지적한 바 있다 (장호종 엮음,《코로나19, 자본주의의 모순이 낳은 재난》특별기고문 참고). 1980~90년대 미국의 병원들은 수익성을 높이기 위해 입원 병상의 39퍼센트를 없앴고, 공공부문에서도 긴축재정 등의 이유로 응급의료 영역을 축소해왔다. 바로 그것이 21세기에 들어 본격적인 부작용으로 나타나고 있다는 것이다.

전염병 유행기마다 미국이 넘쳐나는 환자를 감당하지 못하는 것도 바로 이 때문으로 분석된다. 예컨대 인플루엔자가 기승을 떨쳤던 2009년과 2018년에도 미국은 이미 병상 부족 사태를 경험한 바 있다. 그러고도 별다른 방비가 없다가 오늘날의 코로나19 사태를 또 맞은 것이다. 의료 민영화와 영리 중심주의가 불러온 미국 사회의 그늘이다.

공적 의료보험 체계가 미비한 것도 방역의 발목을 잡고 있다. 살인적인 의료비용 때문에 미국 시민들은 코로나19 진단검사를 회피하고 있다. 2020년 봄 기준으로 미국의 코로나 검사 비용은 평균 170만 원(한화 기준), 입원 치료비는 평균 4천만 원대에 이른다(허윤정 저, 《코로나 리포트》 참고). 평소 개인 보험을 충분히 들어놓지 않았던 사람들은 이 돈을 다 자비로 감당해야 한다. 그러니 서민 층에서는 의심 증세가 있어도 검사 자체를 회피하는 경향이 있다.

결국 이러한 배경이 미국의 코로나19 확산에 일조했다는 지적도 나온다. 반대로 공적 의료보험 체계가 탄탄한 우리나라는 검사나 치료비용 모두 개인에게 부담을 거의 지우지 않는다. 그러니 조금만 의심 증세가 있어도 적극 검사에 나서고 그것이 확산을 억제해온 측면도 있을 것이다.

미국은 코로나19 진단검사 장비 자체도 모자라서 결국 우리에게 SOS를 보냈다. 한국이 보유한 진단키트를 긴급 구매하고 싶다고 요청해온 것이다. 2020년 3월의 외신들을 보면 세계 여러 나라에서, 검사 장비뿐 아니라 한국의 전반적인 방역 노하우를 전수받고 싶어 했다.

물론 반가운 일이지만 그들이 한 가지 간과한 것이 있다면 이른바 K-방역의 뿌리라는 게 단순히 시스템이나 장비에만 있는 게 아니라 국민 개개인의 협조와 성숙한 시민의식에 맞닿아 있다는 점이다. 그저 시스템이나 장비만 차용해간다고 해서 성공적으로 코로나19를 제어하리란 보장은 없다. 어느 나라든 제일 중요한 것은 국민들의 의식과 의지이다.

어쨌든 지구촌이 대한민국의 방역에 관심을 보였다니 고무적이면서도, 한편으론 왠지 마음이 묘해지기도 했다. 불과 60여 년 전만 해도 우리는 전후의 폐허 속에서 강대국들의 도움을 받으며 간신히 생명줄을 이어나갔던 나라 아니던가. 그런 우리가 이제는 역으로 강대국들의 위기 앞에 도움을 주는 나라가 되었으니 반전이고 격세지감이 아닐 수 없다.

1997년 외환위기가 터졌을 때도 우리는 IMF로부터 긴급 수혈을 받아 경제를 간신히 연명했지만, 지금 우리가 국제사회에 주는 이 도움은 경제적인 것보다 더 큰 가치를 지닌 것일지 모른다. 다름 아닌, 사람을 살리고 사회 안전망을 재건하는 일에 쓰이기 때문이다.

나는 2020년 3월 25일 관련 뉴스들을 전하면서, 오래전 "기브 미 쪼꼬렛"을 외치며 미군 트럭의 꽁무니를 따라 뛰었다던 우리 부모님 세대가 문득 생각났다. 나의 어머니가 유년기를 보냈다는 부산 피난촌의 천막에, 그 미군 트럭들이 내려놓고 갔을 의료물자 꾸러미들을 생각해본다.

죽어가는 사람을 살렸을, 삶의 실낱 같은 희망이 되어 주었을 그 꾸러미들이 이제는 'Made in korea'를 달고 다시 그들 나라로 가고 있다. 돌고 돌아 서로가 되갚는 세상이다.

#35

벚꽃 엔딩

가슴이 철렁 내려앉았다. 초등학교에 다니는 아들이 집에서 놀다 실수로 튕긴 물건에 눈 부위를 다친 것이다. 눈두덩의 살점이 찢어져 피가 쏟아지고 있었다. 그 아래 눈동자까지 다친 건 아닌지 덜컥 걱정이 되었다. 당장 병원으로 달려가 상처를 꿰매고 안구의 상태도 살펴봐야 할 터였다.

그런데 우리는 이 날 진료와 처치를 받기까지 무려 두 시간 넘는 시간을 허비하게 된다. 사연인즉 이렇다.

사고가 난 건 2020년 4월 6일이었다. 늦은 저녁에 일어난 일이기에 이미 동네의 일반 병의원은 모두 문을 닫았을 테고, 갈 수 있는 곳은 종합병원 응급실뿐이었다. 제일 먼저 달려간 곳이 집에서 가장 가까운 대학병원의 응급실이었다. 그러나 우리는 간호사로부터 믿기지 않는 이야기를 들어야 했다.

"치료해줄 교수님이 없습니다."

이 큰 병원에 의사가 없다니…… 다친 부위가 눈이기 때문에 아무나 봉합을 시도해서는 안 되고 숙련된 교수가 해야 하는데 지금 원내에 적임자가 없다는 게 병원 측 설명이었다. 황망했지만 어쩔 수 없었다.

우리는 거즈로 출혈 부위만 대충 틀어막고 다른 병원 응급실로 내달렸다. 차로 15분가량 떨어진 중형 병원이었다. 그러나 거기서도 돌아온 대답은 마찬가지. 시술해줄 의사가 없다는 것이었다. 병원 관계자는 20여 킬로미터나 떨어진 또다른 대학병원으로 가라고 안내를 해줬다. 거길 가야 지금 마땅한 의사가 있을 거라면서.

우리는 또 그리로 차를 몰았다. 그렇게 세 번째 병원을 찾아가기까지 이동 시간만 도합 한 시간 반 이상을 잡아먹었다. 다행히 그곳에는 치료해줄 의사가 있었지만 진단과 봉합 시술을 모두 마치자 시간은 이미 두 시간 반이 흐른 뒤였다.

검사 결과 안구는 괜찮았으나 찢어진 눈두덩은 두 시간 이상 방치되었던 셈이다. 만일 단순 열상이 아니라 정말로 심각한 부상이었다면 어떠했을지 생각만 해도 아찔하다. 병원에 의사가 없어 치료를 못 받는 이 사태가 바로 코로나19 때문이었다는 사실도 나를 아연실색하게 만들었다.

이날 병원 측으로부터 들은 배경 설명은 이랬다. 요즘 워낙 코로나19 의심 환자와 감염자들이 많이 몰려들기 때문에 의료진은 진료 과목을 불문하고 일단 몹시 바쁜 상황이다. 거기에, 환자가 폭증한 대구·경북으로 지원을 간 의사도 많다고 했다.

그래서 코로나19 전담 의료진뿐 아니라 일반 과목의 의료진까지 연쇄적으로 모자라게 되었고, 환자들은 외래·응급 할 것 없이 진료가 밀리고 있었다.

바로 그 아수라 속에 눈두덩을 다친 나의 아들이 던져진 것임을 나는 설명을 듣고 알았다. 그나마 아들은 아주 심각한 부상이나 질환이 아니었기에 망정이지, 생사가 달린 위급한 환자들은 어떡해야 할지 상상만으로도 막막했다. 그동안 내가 진행하는 뉴스에서도 의료진 부족 문제를 수도 없이 보도했지만 막상 당하기 전에는 이 정도일 줄 몰랐다. 등에서 식은땀이 흘렀다. 사람은 역시 겪어봐야 아는 법이다.

얼마 전 본인이 의료진이라고 밝힌 어느 네티즌이 SNS에 이런 글을 올려 화제가 되었다. 장문의 호소문이었는데 요약해서 재구성하자면 다음과 같다.

> 지금 병원마다 몰려드는 코로나 환자를 수용하느라
> 전쟁터나 다름없다. 의료진들은 방전 상태이다.
> 감염 확산세가 여기서 더 거세진다면
> 다른 일반 환자들, 응급 환자들까지
> 치료를 못 받는 상황이 오게 된다.

딱 우리 가족이 겪은 이야기였다. 그 상황이 이미 현실이 되어 있었고, 우리도 주인공이었던 것이다. 이 의료진은 최근의 꽃구경 인파에 대해서도 상당히 격앙된 어조로 비판하였다.

> 병원에서는 다들 목숨 걸고 사투를 벌이는데
> 당신들은 그렇게도 몰려다니며 꽃이 보고 싶더냐?

그러다가 감염자가 더 늘어 병원이 포화상태가 되면 그땐 어쩌려는 것이냐?

　사실 꽃구경이든 뭐든 사람들의 야외 활동까지 나라에서 강제로 막기엔 한계가 있다. 벚꽃 명소들을 폐쇄했더니 인근의 다른 공원이 붐비더라는 뉴스도 그래서 나왔을 것이다. 하지만 저 의료진의 절박한 호소에 우리는 마땅히 귀를 기울여야 한다.
　본인이나 가족이 직접 당해보지 않으면 그저 먼 이야기로 들릴 수 있지만 나처럼 당해본 사람은 안다. 의료진 부족이 얼마나 치명적인 문제인지를. 코로나19 환자뿐 아니라 일반 환자들에게도 얼마나 위험한 상황인지를.
　SNS에 올라왔던 그 의료진의 호소는 다음과 같은 말로 끝을 맺고 있었다.

　모이지 좀 마라!
　꽃이 올해만 피고 내년에는 안 핀다더냐?

　물론 내년(2021년)에도, 내후년(2022년)에도 코로나 바이러스가 완전히 물러간다는 보장은 없었지만, 나는 그 대목에서 그만 무릎을 탁 치고 말았다. 사실 벚꽃에 '엔딩'이 어디 있는가? 꽃은 해마다 지고 또 피는 것이니 영원히 '네버 엔딩'이다. 그러나 사람 목숨은 한 번 지고 나

면 영원한 엔딩 아닌가. 살아 있어야 내년에도 내후년에
도 꽃을 만날 수 있다.

그러니 지금은 모두가 함께 살아남는 것, 그것만이 절
대적인 과제이다.

#36

'거리두기'의 역설

초등학생 아들의 새 학기 교과서를 4월 하고도 20일이 되어서야 수령했다. 그나마도 학생의 방문은 허용하질 않아서 학부모인 내가 대신 받아왔다. 아이는 못내 아쉬운지 나를 따라 학교 앞까지 갔다가 교문 안으로는 들어가지 못하고 근처 편의점에서 기다렸다.

개학이 연기에 연기를 거듭하다가 결국 온라인 수업 결정이 내려지면서 아들은 지금까지 한 번도 등교를 하지 못했다. 담임선생님 얼굴조차 본 적이 없는데 학부모인 내가 먼저 보게 된 셈이다. 선생님은 크게 아쉬워하며 아이에 대해 이것저것 많은 것들을 물었다. 나는 교문 밖 편의점에 와 있노라고 씁쓸히 대답했다.

사제지간에 담장을 사이에 두고 인사도 마음껏 나누지 못하는 시절을 우리는 관통하고 있다. 평소 그토록 학교 가기 싫다던 아이들이었는데 이제는 오히려 가고 싶다는 소리가 절로 나온다. 아이들뿐만이 아니다. 우리 어른들도 전에는 지긋지긋하게만 여겼던 사회활동, 예컨대 단체회식 같은 것들마저도 이따금씩 그리워질 정도이다.

사람과의 거리를 강제로 벌리다 보니 그 반작용으로 거리를 '좁히고' 싶은 마음이 슬그머니 고개를 든다. 예전에는 '나 좀 혼자 내버려뒀으면 좋겠다!' 이런 생각도 많이들 하고 살았는데 막상 혼자 지내는 시간이 길어지니, 그 소리도 쑥 들어가는 분위기이다. 떨어지고 고립될수록 사람과의 부대낌이 그리워지는 인간은 그러므로 '사회적 동물'이라 했던가? 이 사회가 돌연 멈추어버리자 역설로서 그걸 깨닫는다.

무엇보다 나는 하루 빨리 우리 동네 단골 순대국밥집에 가고 싶다. 그곳은 '혼술 아재'들의 성지와도 같은 곳이어서 자리가 없을 땐 모르는 사람끼리 테이블을 같이 나눠 쓰기도 하는, 그야말로 사회적 거리 따위는 없는 공간이다.

바로 옆에 생면부지의 사내가 앉아 나란히 소주를 마셔도 어색할 것이 없던 노포老鋪…… 마스크 따위 쓰지 않고도 이웃 간에 얼마든 살갑게 인사를 나누었던 아파트 엘리베이터…… 잃고 나니 비로소 그 접촉의 온기가 그리워지고, 이젠 정말이지 거리두기 같은 것 좀 제발 집어치우고 싶을 뿐이다.

그러나 그 거리를 빨리 좁히기 위해서라도 지금은 거리를 최대한 띄워야 하는 시점임을 통감한다. '미룸으로써 앞당기는' 역설의 지혜가 우리에게 필요한 시절이다.

또 하나 기억해야 할 일이 있다. 안전한 거리두기조차도 마음대로 하지 못하는 사람들이 많다는 사실이다. 확진자를 치료해야 하는 의료진들, 격리자와 함께 생활하는 가족들, 감염자가 폭증하는 나라에 고립된 교민과 유학생들, 확진자 방문 장소들을 쫓아다니며 조사하는 공무원들, 환자를 옮겨야 하는 구급대원들, 집집마다 돌아다니며 필요한 물품을 전달해주는 택배기사들, 음식배달 라이더들…… 셀 수 없이 많은 사람들이 대면과 접촉을 감수하면서 우리 생활을 떠받치고 있다.

취약계층에게도 더 가혹한 시절이다. 홀몸노인이나 결손가정 어린이 등 연대와 도움의 손길로 생활해온 사람들이 예전보다 더욱 소외되고 있다. 코로나19 때문에 사회와의 연결고리는 더 헐거워졌다. '비대면'과 '거리두기' 기조 속에서 음식이나 구호품 나눔이 줄고 자원봉사자들의 발길도 뜸해졌다. 무료 급식소의 운영이 중단된다는 기사도 나왔다.

장애인들의 고충도 커졌을 것이다. 일반인들이 미처 생각을 못 하는 부분인데, 장애인들은 보통 사람들과 달리 사회적 거리두기 자체를 실천하기 어려운 상황이 많다. 예컨대 시각장애인들은 눈으로 상황을 인지할 수 없다 보니 근처에 사람이 많은지 적은지, 많다면 어디로 피해가야 하는지, 이런 사항들을 파악하기가 힘들다.

걷기 어려운 장애인들은 또 어떤가. 밀집 인파가 몰려온다거나 마스크 미착용자들이 근처에서 떠들어댄다 해도 신속히 피하기가 어렵다.

청각장애인들은 마스크 때문에 소통이 더 어려워졌을 것이다. 평소엔 상대의 입 모양을 보고 무슨 말을 하는지 읽어내는 경우가 많은데, 마스크를 쓰게 되면 그조차도 원천 차단되고 만다.

이렇듯 평범한 사람들이 일상에서 숨 쉬듯이 행하는 거리두기조차 누군가에게는 힘겨운 난관이 될 수 있다. 곰곰 생각해보면, 그들에 비해 나머지 사람들에게는 제법 안온한 날들일지도 모른다.

오늘 뉴스에는 특별한 클로징 멘트를 첨부했다.

"4월 20일 오늘은 장애인의 날입니다. 코로나19 때문에 요즘 전 국민이 불편하겠지만 장애인 분들은 아마도 훨씬 불편한 점이 많을 겁니다. 나보다 더 힘들고 어려운 이웃을 돌아보는 한 주가 됐으면 좋겠습니다. 뉴스광장 마칩니다. 고맙습니다."

거리를 빨리 좁히기 위해서라도 지금은 거리를 최대한
띄워야 하는 시점임을 통감한다. '미룸으로써 앞당기는'
역설의 지혜가 우리에게 필요한 시절이다.

#37

업보

"너를 산 적은 없었는데."

배우 류준열이 SNS에 한 장의 사진과 함께 올린 문장이다. 사진 속에는 그가 온라인 마트에서 주문한 식료품들과 그걸 둘러싼 비닐 포장들이 있었다. 파, 마늘, 호박, 상추, 버섯, 딸기 등이었는데 모조리 개별 포장된 상태였다. 그 비닐만 따로 모아도 상당량일 것 같았다.

우리집도 요즘 코로나19 때문에 온라인 주문이 많아졌는데, 매번 원치 않는 포장재까지 잔뜩 딸려 오니 여간 성가신 일이 아니다. 마트뿐 아니라 식당 음식을 배달하는 일도 많아져 일회용 식기까지 쌓여간다. 어떨 때는 '배(먹은 음식)보다 배꼽(포장재)이 더 크다'는 생각이 들 때도 있다.

사실 귀찮은 건 둘째 치고 가장 걱정되는 건 환경오염이다. 한 번씩 재활용 쓰레기들을 모아 내다버릴 때마다 한숨과 함께 혼잣말을 내뱉곤 한다. "아이고 인간아, 이 업을 다 어쩔 거냐." 그러다 뉴스에 나오는 쓰레기 매립지 풍경이라도 보게 되면 탄식은 더 커진다.

"아이고, 인간들아…… 정말 이 업을 어쩔 것이냐!"

당장 대안이 뭐냐고 따져 묻는 사람도 있다. 이런 문제를 다룬 기사의 온라인 댓글들을 보면 늘상 냉소적인 반응들도 눈에 띈다. 하지만 찾아보면 소소하게나마 우리가 실천해볼 만한 대안들이 제법 있다.

우선 배달 음식을 시킬 때 일회용품은 사절하는 것도

한 방법이다. 배달 앱을 통해 음식을 주문하는 일이 많은데 옵션으로 선택할 수 있다. '일회용 수저나 포크 안 주셔도 돼요'라고 써 있는 항목을 클릭하면, 이 소소한 행동 하나만으로 몇 개의 플라스틱 쓰레기를 줄일 수 있다.

오늘, 한 온라인 마트에서 집 앞에 놓고 간 배달 꾸러미도 제법 괜찮은 아이디어로 보였다. 부피가 큰 박스나 비닐 포장 없이, 누렇고 커다란 종이봉투 하나에 여러 물건들을 담아 보냈다. 봉투는 나중에 착착 접어 종이 재활용함에 내다 버리면 부피도 덜 차지하고 간소할 것 같았다.

쓰레기를 내놓는 과정에서도 조금만 더 신경을 쓰면 도움이 되는 것들이 있다. 페트병 안의 이물질을 헹궈내고 바깥의 비닐 라벨을 떼어내면 나중에 재생원료를 만들 수 있는 완벽한 조건이 된다. 깨끗한 투명 페트로는 장섬유를 뽑아내 기능성 의류나 가방 같은 걸 만들 수 있다. 화장품 용기로 재탄생시키기는 더 간단하다. 2018년도 기준 3만 톤 가까이가 그런 식으로 재생산되었다고 한다.

재활용은 모아서 내다 버리는 것만으로 완성되는 게 아니라 그걸 통해 제2, 제3의 쓰임새를 가져야만 진정한 재활용인 것이다. 물론 가장 좋은 방법은 재활용품이든 폐기물이든 아예 생기지 않도록, 혹은 덜 생기도록 주의를 기울이는 것이겠지만 말이다.

요즘 장보러 갈 때 에코백을 들고 가는 사람들이 많아졌는데 그것도 고무적인 일이다. 일부 매장에서는 세제 같은 걸 살 때 각자 용기를 들고 가서 필요한 양의 원액만 담아오는 방식이 도입됐다. 마치 텀블러나 머그컵을 들고 가서 커피를 사듯, 공산품에도 테이크아웃 방식이 접목된 것이다. 환경 보호를 위한 작은 실천들은 생각보다 다양한 방식으로 시도되고 있다.

따지고 보면 이 코로나19도 결국 환경과 무관치 않을 것이다. 환경에서 유발된 문제(바이러스)를 피하려고 또 환경을 오염시키고 있다면(택배 폐기물 등) 우리는 영영 답이 없는 존재가 된다.

'인간들아, 이 업을 어찌할 것이냐!'

고민하고 끝내 대안을 찾아야만 한다.

2015년, 탄소 중립을 위한 파리협정을 이끌어냈던 크리스티아나 피게레스 유엔 기후변화협약 전 사무총장 그리고 같은 기구 선임고문이었던 톰 리빗카낵은 공저 《한 배를 탄 지구인을 위한 가이드》에서 이렇게 말한다.

자연재해 소식이 들려올 때마다 마음 한구석이 불편하다. 하지만 그럴 때 우리는 뉴스를 끄고 자신이 덜 위선적으로 느껴질 만한 다른 일에 주의를 돌린다. 마치 아무 일도 없다는 듯, 막을 도리가 없다는 듯 행동하는 편이 기분이 나으니까…… 인생은 문제없이 흘러가리라고 자기 자신을 속인다. 크나큰 실수이다. 모래 속에 머리를 박은 타조와 크게 다를 바 없는 모습이다.

#38

나 홀로 호황

"쿠팡 없었을 땐 어떻게 살았지?"

'쿠팡' 창업주가 가장 듣고 싶었다던 이 말은 이제 현실이 되었다. 이미 많은 사람들의 입에 '쿠팡 예찬'은 수시로 오르내리고 있다. 코로나19로 인터넷 쇼핑 수요가 급증하자 '쿠팡' 같은 온라인 물류업체 인기는 하늘을 찌르게 됐다. 오전에 주문하면 오후에 도착하고, 밤에 주문해놓은 상품은 몇 시간 후 새벽에 문앞으로 당도해 있으니 과연 신세계는 신세계이다.

쿠팡뿐 아니라 여러 유통업체들이 소비자 수요에 맞춰 치열한 속도경쟁에 뛰어들었다. 오프라인 소상공인들은 코로나19의 파도에 속수무책으로 흔들리고 있지만 온라인 쇼핑몰은 별세계이다.

그러나 가만히 들여다보면 이 편리한 시스템의 이면에는 누군가의 희생이 있을 수밖에 없다. 소비자는 물론 편해서 좋고 기업은 돈 벌어 좋겠지만 그 중간에서 노동력을 바치는 존재에 대해서도 우리는 한 번쯤 생각해볼 필요가 있다.

특히 택배 기사들이 그렇다. 배송의 속도 경쟁이 치열해질수록 그들의 노동 강도는 세진다. '새벽 배송'이 가능한 건 그들이 밤낮 없는 하역과 운송에 매달리기 때문이다. 코로나19 이후 택배기사들의 과로사가 잇따른 이유이기도 하다.

쉬지 않고 북적대는 택배 기지는 기사들의 건강뿐 아

니라 방역 안전까지도 해칠 수 있다. 쿠팡 물류센터에서 집단감염이 발생했다는 소식에 결국 '올 것이 왔다'는 생각이 들었다. 2020년 5월 28일 내가 진행한 뉴스에서는 쿠팡 측의 미흡한 내부 방역과 거리두기를 제대로 이행 않는 실태 등이 보도되었다. 그 많은 노동자들을 한 공간에 모아놓고 '더 빨리, 더 많이'를 기치로 내걸었을 테니 집단감염은 시간 문제였을지도 모른다.

코로나19로 모두가 어려운 와중에도 온라인 유통업체들은 유례없는 호황을 맞았다. 그러나 누리는 만큼의 사회적 책임에 대해서도 더 많이 생각해야 할 것이다. 그들에게 주어진 미션은 '더 빨리, 더 많이'도 있겠지만 그보다는 사회 공공의 보건과 안전, 노동자들의 건강이 우선시되어야 한다.

벌어들인 막대한 수익의 사회 환원까지는 바라지 않아도, 허술한 방역 때문에 사회에 해를 끼치는 일만은 피해야 할 것이다. 거창한 사명은 둘째치고 당장의 민폐부터 예방하는 것이 더 시급한 사회 환원일지도 모른다.

최근 물류센터뿐 아니라 콜센터에서도 집단감염이 잇따랐는데 그 또한 온라인몰의 호황과 무관치 않다. 코로나19로 홈쇼핑이 늘고 주문·배송 관련 상담도 늘었을 테니 콜센터 업무량은 급 가중되었을 것이다.

특히나 콜센터 사무실들은 밀접, 밀집, 밀폐, 이른바 '3밀'의 모든 조건을 다 갖추고 있다. 비좁은 사무실에 다

닥다닥 붙어 앉아 하루 종일 전화기를 붙들고 있으니 상담사들은 언제 터질지 모르는 시한폭탄에 묶여 있었던 셈이다.

2020년 3월에 구로 콜센터 사태가 터진 직후, 진보 성향의 주간지 〈노동자 연대〉에는 어느 콜센터 상담사의 인터뷰가 실렸다.

"하루에 아홉 시간 앉아 있는데 화장실은 딱 한 번 갈 수 있어요. (중략) 콜센터 업무는 실적을 높이는 게 중요한데요, 전화 응대율을 실시간으로 띄워놓고 관리합니다."

화장실도 제대로 못 갈 만큼 일을 했다는 것은 그만큼 쉴 새 없이 통화를 해야 했다는 이야기이고, 그것은 곧 비말을 통한 바이러스 전파 조건을 극대화했을 것이다. 인터뷰이는 한탄하며 말했다.

"사람보다 이윤을 우선하며 사회가 굴러가니까 그냥 노동자들은 병에 걸리지 않기를 개인적으로 기원하는 수밖에 없어요."

그날 내 뉴스 클로징 멘트는 이렇게 썼다.

"코로나19로 온라인 배송업체들은 '나홀로 호황'을 맞다시피 했는데, 그러면서도 방역에는 소홀했던 것 아니냐, 하는 아쉬움이 남습니다. 호황으로 직원들을 더 많이 쓰면서도 방역수칙은 잘 안 지켰다는 내부 증언들이 나오고 있습니다. 기업의 사회적 책무라는 것을 다시 한번 생각해봅니다. 뉴스 마칩니다."

#39

40도의 방호복 속에서

인천의 한 코로나19 선별진료소에서 보건소 직원 세 명이 쓰러졌다. 무더위 속에 두꺼운 방호복을 껴입고 일하다 그만 탈진한 것이다. 남인천여자중학교 운동장에 설치된 진료소에서 세 명은 어지러움과 호흡 곤란, 손 떨림 등을 호소하다 쓰러지고 말았다. 감염이 발생한 이 학교 학생 수백 명을 대상으로 전수검사를 실시하던 중이었다.

　사고 시점은 2020년 6월 10일 오전 11시. 기온은 이미 30도를 넘어서고 있었다. 뙤약볕 아래 D등급 방호복을 입고 운동장을 뛰어다니다시피 했을 것이다. D등급 방호복은 무게만 5킬로그램 안팎에 우주복을 연상시킬 정도로 비대하다. 공기가 통하지 않도록 부직포와 필름 등으로 겹겹이 만들어졌다.

　그뿐인가. 검사 요원들은 숨쉬기 힘든 N95 마스크를 항시 써야 하고 그 위로 고글까지 착용해야 한다. 손에는 비닐장갑, 발에는 덧신을 신는다. 폭염 속에 그야말로 사면초가가 아닐 수 없다. 한겨울에도 그렇게 입으면 땀이 날 정돈데 그 차림으로 섭씨 30도를 견뎠을 것이다.

　진료소는 간이 천막으로 만들어졌지만 한쪽 면이 열려 있는 구조라 에어컨 가동도 할 수가 없다. 선풍기 몇 대 갖다놓은 것이 고작인데 그나마도 진득하니 바람 쏘일 시간이 없었을 것이다. 고글에 서린 습기만 봐도 몸에서 얼마나 더운 김이 올라오는지를 짐작할 수 있다.

방호복 안의 체감온도는 40도 이상으로 알려졌다. 충북 청주시 상당구보건소 소속의 역학조사원 이지언 씨는 2020년 6월 11일자 〈연합뉴스〉 기사('5분만 있어도 땀줄줄…… 한증막 방호복 악전고투 의료진')에서 이렇게 토로하였다.

"방호복을 한 번 입으면 네 시간 이상 땀으로 샤워를 하는데, 움직이는 찜질방이 따로 없습니다. 이때는 화장실 가는 것은 고사하고 물조차 마음 놓고 마실 수가 없습니다."

화장실에 가게 되면 어렵게 입은 방호복을 벗어야 하고, 한 번 벗은 방호복은 다시 쓸 수 없어 새 것으로 갈아입어야 하기 때문에 아예 처음부터 물 마시는 걸 삼간다고 했다. 이 더위 속에 다들 쓰러지지 않는 것이 신기할 정도이다.

현직 의사이자 저널리스트인 장호종 씨는 한 인터뷰에서 이렇게 말했다.

"그토록 자랑하는 검사 수를 채우기 위해 수많은 의료진과 검사실 노동자들이 '갈아 넣어'졌다."(〈노동자연대〉 315호)

왜 아니겠는가. 그들은 이마와 콧잔등에 벌건 상처가 날 정도로 마스크와 고글을 종일 착용한 채 격무에 시달리고 있다. 거기에 더위까지 더해졌으니 첩첩산중일 것이다. 그런 눈물겨운 희생을 바탕으로 이른바 K-방역의 성과도 가능했음을 우리는 알아야 한다.

정부는 인천에서 세 명이 쓰러진 뒤에야 몇 가지 보완책을 내놓았다. 전국 6백여 선별진료소에 냉난방기 설치를 지원하고 컨테이너 등을 활용한 별도의 냉방 휴식 공간도 마련하겠다고 밝혔다.

김강립 중앙방역대책본부 1총괄 조정관은 브리핑에서 "저희가 미처 이 부분(더위)을 고민하고 선제적으로 지원해드리지 못했다"며 사과했다.

정부보다 한발 빨랐던 것은 이번에도 시민들이다. 선별진료소 인근의 커피숍 직원들이 무료로 아이스커피를 싸들고 찾아오는가 하면, 어린이집 원생들은 고사리 손으로 쿠키를 만들어 위문을 오더라고 고양시 덕양구보건소 소속 임부란 팀장이 인터뷰에서 전해주었다.

오늘도 고맙고 미안한 맘으로 뉴스의 클로징 멘트를 적어본다.

"더워지니까 더 걱정되는 분들이 있습니다. 코로나19와 사투를 벌이고 있는 의료진들 그리고 검사 및 방역 담당자들…… 그 두꺼운 방호복을 입고 어떻게 견디는지 모르겠습니다. 그 분들을 위해 지금 우리가 할 수 있는 일, 무엇보다 더 이상의 감염 확산이 없도록 각자의 자리에서 방역수칙을 잘 지키는 것이겠지요? 희생하시는 분들을 끝까지 잊지 말아야겠습니다. 고맙습니다. 뉴스 마칩니다."

#40
바이러스, 그 기막힌 존재

옛날 사람들은 병을 의인화했다. 역병에 마치 영혼 같은 것이 깃들어 요사를 부리듯 사람을 해치는 거라고 생각했다. 전염병을 다룰 때 샤머니즘을 선봉에 세운 것도 그런 연유이다. 무당이나 주술사들이 전염병이라는 악귀를 물리쳐줄 거라 믿었다. 그 악귀란 결국 바이러스일 뿐이었지만……

나는 가끔 이 지긋지긋한 코로나19 바이러스를 고대 사람들처럼 의인화하고픈 충동에 시달린다. 이 병균은 마치 지능을 가진 듯 인간의 습성을 낱낱이 '읽어가며' 움직이는 것 같다. 특히 사람이 가진 나약함과 사악함, 약점을 파고들어 집요하게 물고 늘어진다. 발병 과정도 그렇고 전파와 확산 과정도 그렇고, 나는 이 바이러스의 집요함에 매번 혀를 내두르게 된다.

코로나19가 동물 보양식에서 비롯되었든 생화학 연구소에서 유출된 것이든, 인간의 '치부'에 뿌리를 두고 있다는 점에서는 매한가지이다. 생존과 무관하게 다른 동물을 잡아먹어가며 제 몸을 보양하겠다는 욕심은 얼마나 이기적이고 동시에 나약한가. 세균을 길러서라도 패권을 다지겠다는 욕심 또한 (사실이라면) 얼마나 나약하고 사악한가. 둘 다 인간이 가진 비겁함의 절정일 터.

지금까지의 코로나19 전파 과정을 보면 유독 종교시설을 매개로 한 집단감염이 많았는데, 이 종교라는 것도 결국은 인간의 유약함을 뿌리에 둔다. 사람이 신에게 의

지하려는 것은 기본적으로 자신의 약점과 한계를 고해하는 일이다. 그런 의식儀式이 펼쳐지는 장소를 마치 노리기라도 한 듯 바이러스는 파고들었다.

사실 다중밀집 공간이 어디 종교시설만 있을까. 생활 속에서 그러한 장소들은 무수히 많다. 그럼에도 코로나19는 작정이라도 한 것처럼 유독 종교시설들을 표적으로 삼았다(물론 신자들이 방역수칙을 소홀히 한 것이 1차적인 원인임에는 틀림없다).

병원도 마찬가지이다. 신천지교회와 더불어 가장 폭발적인 전파가 발생했던 청도 대남병원은 정신질환 전문 병원이다. 심적으로 가장 약해진 사람들이 모여서 치료를 받는 곳인데, 그런 곳을 코로나19는 무자비하게 습격했다.

이태원 클럽은 또 어떤가. 유흥을 추구하는 인간의 습성 또한 근본적으로 유약함에 기반한다. 현실 역경을 잊고자 말초적 유희를 탐하고, 해선 안 된다는 걸 알면서도 욕망 앞에 이성을 내려놓는 나약함. 그 원죄를 바이러스가 파고들었던 건 아닐까.

이 바이러스는 사악하기까지 하다. 인간들이 자기 때문에 어쩔 수 없이 비대면 상거래를 많이 하게 되자 또 그 거점들을 노렸다. 구로 콜센터와 부천·고양의 쿠팡 물류센터가 당했고, 이 글을 쓰는 2020년 6월 18일에도 의왕 물류센터가 추가로 뚫렸다는 소식이 전해졌다. '나를 피하려고 너희들이 이런 꼼수를 써?' 바이러스가 마치 그렇게 비웃는 듯하다.

　노인들을 불러 모아 물건을 파는 방문판매업체 선전관에서도 대규모 감염이 발생했다. 안 그래도 병약한 노인들이 속수무책으로 바이러스에게 당하게 됐다. 사실 그런 곳이야말로 사람의 약한 면을 대놓고 이용해먹는 업장들이다. 고독과 병환으로 약해질 대로 약해진 노인들을 유인해 고가의 물건을 팔아먹는 게 상당수 방판업체들이다. 그런 장소들을 코로나19는 집중적으로 파고들었다. 노인들의 나약함을 노린 것인가, 업자들의 사악함을 노린 것인가?

　바이러스는 지금 인류 최대의 적이지만 그것을 하나의 생명체로 보자면, 참으로 오묘하기 짝이 없는 존재이기도 하다. 바이러스 또한 나름의 생존 메커니즘을 따라 작동할 텐데 그 모든 과정이 마치 치밀하게 짜인 각본처럼 느껴지기 때문이다.

　예컨대 전파 방식만 봐도 그렇다. 코로나 바이러스는 감염된 사람, 즉 숙주로 하여금 콧물을 흘리고 기침을 하게 만듦으로써 그걸 타고 또 다른 숙주에게 옮겨간다. 감염이 최대한 확산될 수 있는 조건을 교묘하게 만들어내는 것이다. 스스로 움직이지 못하는 바이러스는 그렇게 '숙주 1'의 도움으로 '숙주 2, 3, 4, 5, 6⋯⋯'에게 끊임없이 전파를 시도한다.

인간의 '관계 망'을 매개로 삼는 코로나 바이러스는 그러므로 인간 사회를 근본부터 뒤흔들고 있다. 사회관계의 단절을 강요하기 때문이다. 인간은 사회적 동물이라는 말이 있는데 그 명제가 지금 뿌리째 흔들리는 셈이다. 사회적이어서는 도저히 살아남을 수가 없는 시절이니 말이다. 그렇게 보면 코로나 바이러스는 다시 한번 잔악하고 영악한 존재이다.

최재천 이화여대 석좌교수도 공저 《코로나 사피엔스》(인플루엔셜, 2020)에서 코로나19 바이러스의 가장 큰 특징으로 '무척 약았다는 것'을 꼽았다. 처음에는 증상도 느껴지지 않을 만큼 '얌전하게' 인체에 들어가서 교묘히 활동 영역을 넓힌다는 것이다. 감염자는 한동안 자신의 감염 사실조차 몰라 본의 아니게 여기저기 바이러스를 퍼뜨리고 다닌다. 그게 코로나 바이러스의 생존 메커니즘이다.

최재천 교수는 설명한다. "그러고 난 다음에 (잠복기를 거친 뒤에) 본색을 드러내면서 굉장히 빠른 속도로 폐뿐만 아니라 다른 여러 장기로 진입한다." 말하자면 이 바이러스는 잠복기 동안 감염자(숙주)가 최대한 널리 전파를 일으키도록 시간을 준 뒤에 그 숙주의 몸을 본격적으로 망가뜨린다는 이야기이다. 끔찍하다.

당초 박쥐의 몸을 좋아하던 코로나 계열 바이러스가 인간에게 침투한 것은 생태계 파괴로 박쥐의 서식처가 줄어든 현상과도 무관치 않다. 산속 깊은 곳에 살던 박쥐 입장에서는 그 '깊은 곳' 자체가 사라져가니 '덜 깊은 곳(문명 가까운 곳)'으로 진출해 나올 수밖에 없었을 것이다.

게다가 일부 나라에서는 박쥐가 보양식이라며 일부러 찾아내서 포획까지 하지 않는가. 그러니 박쥐들은 살기 위해 서식처를 찾아 인간 가까이로 오기도 하고, 동시에 죽을 운명으로 인간에게 사냥을 당하기도 한다. 그때 함께 묻어오는 것이 바로 바이러스이고 말이다.

인류의 질병 역사를 연구해온 윌리엄 매닐은 이런 섬뜩한 말을 남기기도 했다. "굶주린 바이러스의 관점으로 볼 때 수십 억 인체는 기가 막힌 서식처입니다."(데이비드 콰먼,《인수공통 모든 전염병의 열쇠》중에서)

기가 막힌 이 역병의 사태만큼이나 기가 막힌 한 마디이다.

#41

뭉치면 죽고
흩어져야 산다

2020년 8월 15일, 광복절. 서울 도심에서 대규모 집회가 열렸다. 거리두기가 무색하게 많은 인파가 운집했다. 집회 구호를 들어보니 '광복'과는 별 관련이 없어 보였고 정치적·종교적 메시지들이 주를 이루었다. 이달 초부터 감염자가 많이 나오고 있는 서울 사랑제일교회 관계자들도 참석한 것이 목격되었다. 추가적인 집단 전파가 우려되는 대목이다. (이후 실제로 그 교회와 집회를 거점으로 한 감염자가 기하급수적으로 증가해 한 달 만에 1,100명대로 늘어나게 된다. 2차 유행의 시작이었다.)

나는 오늘, 평소 다니던 동네 헬스장에 조심스럽게 다녀오다가 문득 이게 또 마지막이 될 것 같다는 불길한 예감에 휩싸였다. 내가 사는 아파트의 입주민 공용 피트니스는 초봄부터 초여름까지 이미 몇 달을 휴관하다 간신히 재개장했는데, 지금 돌아가는 분위기를 보니 조만간 또 문을 닫을 공산이 커 보인다.

나는 휴관 기간에 운동할 곳이 없어 동네 뒷산을 뛰어오르거나 놀이터의 정글짐 따위에 매달려 턱걸이를 하곤 했다. 옹색한 시절이었다. 그마저도 아이들이 놀고 있거나 사람들이 좀 몰린다 싶으면 눈치 보면서 슬금슬금 빠져나와야 했다. 그래서 얼마 전 헬스장이 다시 문을 연다고 고지했을 때 뛸 듯이 기뻐했다.

마스크 쓰고 운동하는 불편 따위야 얼마든 감내할 수 있었고 열 체크도 기꺼운 맘으로 협조했다. 러닝머신은 거리두기 때문에 절반 이상 전원이 꺼졌지만 체육관 문이 열린 것만으로도 감사할 일이었다. 그러나 그것도 오래 가긴 글렀다는 생각이 든다. 어제 오늘의 세 자릿수 확진자가 며칠만 더 계속되면 십중팔구 체육관은 폐쇄될 것이다. 그럼 거기서 일하는 사람들은 또 무급 휴직 신세가 되어 흩어질 테고.

이렇듯 어딘가가 붐비면 다른 어딘가는 문을 닫게 되고, 누군가가 모이면 또 다른 누군가는 강제로 흩어져야 하는 게 이 시절의 패러독스이다.

흩어지는 사람들의 생존을 위협하는 자, 누구인가? 모든 종류의 시설에는 그것에 생업을 거는 사람들이 존재하고, 그러므로 시설 폐쇄란 단순히 이용자만의 불편이 아니라 종사자들의 생계와 직결되는 문제이다.

모이는 사람들은 흩어지는 사람들의 생존을 위협하고 있다. '뭉치면 살고 흩어지면 죽는다'는 말이 진리처럼 통용되어 왔지만 지금은 그 반대의 상황이 되었다. 뭉칠수록 명백히 위험하고 흩어져야만 안전한 시절이다.

이 글을 SNS에 올리고 이틀 뒤에 헬스장은 폐쇄됐다.

#42

메르스라는 예방주사

2020년 9월 미국 신문 〈월스트리트저널〉에 K-방역이 보도되었다. 발 빠른 진단검사 등으로 코로나19를 비교적 잘 억제해왔다고 평가하는 내용이었다. 신문은 우리나라가 초기 대응에서 나름의 성과를 거둔 이유로 크게 세 가지를 꼽았다. 하나는, 검사 키트의 신속한 승인(패스트트랙). 다른 하나는, 빅데이터 등을 활용한 감염자 추적 관리. 또 하나는, 정부 주도의 마스크 공급이었다.

세계보건기구의 데일 피셔 '글로벌 발병 대응 네트워크' 의장은 한 신문과의 인터뷰에서 이렇게 말했다.

"어느 나라도 한국처럼 코로나 바이러스와 '함께' 살아가면서 억제하는 데 적응하지 못했다."

타이완 같은 경우는 바이러스 자체가 거의 없다시피 했으니 논외로 하고, 우리는 바이러스를 제법 많이 보유한 상태로도 유럽 같은 전면봉쇄 없이 사태를 감당해왔다. 경제적 타격도 그만큼 최소화했고 말이다. 바로 그 점을 데일 피셔 의장은 강조한 것으로 보인다.

〈월스트리트저널〉은 한국의 이 같은 대처 능력이 과거 메르스 사태 때 얻은 교훈 때문이라고도 분석했다. 나 또한 그 분석에 동의한다.

돌이켜보건대 우리가 메르스를 미리 겪지 않았더라면 코로나19 대응 또한 엉망이었을지 모른다. 7년 전 대한민국을 뒤흔들었던 메르스 사태 때, 시쳇말로 우리는 '된통 한번 데이게' 되는데, 바로 그 경험이 감염병에 대한 경각심을 고취시키고 여러 가지 보완사항과 방비책을 강구하게 한 것도 사실이다(메르스 당시만 해도 정말이지 엉망진창이었다).

그렇게 보면 메르스는 일종의 예방주사였다. 그때는 왜 하필 우리나라에 이런 몹쓸 역병이 들어왔나 하고 개탄을 했지만 결과적으로 그것이 더 큰 난리(코로나19)를 대비케 하는 백신 역할을 한 셈이다.

백신이란 게 무엇인가? 이겨낼 만한 병균을 미리 주입시켜 몸의 내성을 기르는 것 아닌가. 코로나19에 선방해온 한국 방역의 기틀은 역설적으로 메르스 때의 난장판이 만들어준 셈이다.

메르스 사태 당시 환자는 주로 병원 안에서 발생했다. 전국 열여섯 개 병원에서 186명의 감염자가 나왔다. 우리가 평소 가장 안전하다고 여겨온 병원이라는 공간이 역설적으로 가장 위험한 곳일 수도 있음을 깨닫게 되었다. 그 이후로 정부는 의료법 등을 바꿔 전국에 음압 병상 천여 개를 구축했다.

음압 병상이란 병실 내부 공기의 외부 유출을 차단시켜 바이러스가 새나가지 못하도록 막은 시설이다. 이 음압 병실 한 개를 만드는 데만 해도 억대의 돈이 들어가지만 우리는 감수하고 투자를 했다. 그 효과를 이번 코로나19 사태에 톡톡히 보고 있다.

물론 아직도 충분한 수준은 아니다. 감염자가 폭증하

는 기간에는 여전히 음압 병상이 모자라 제때 치료를 못 받는 환자들이 줄을 이었다.

진단검사 인프라가 확충된 것도 사실은 메르스 덕분이다. 메르스 사태 이후 우리 정부는 감염병 분석센터를 만들어 신속한 진단검사법을 연구해왔다. 진단키트의 사용승인 절차를 단축하는 패스트트랙(긴급사용 승인제도)도 한몫을 했다. 그 결과 우리는 코로나19 확산 초기에 진단 장비를 가장 빨리 생산해내는 나라로 주목받게 되었고 여러 나라에서 수출 요청을 받았다.

서구에서 코로나19 팬데믹이 확산되던 2020년 5월 기준, 국내 46개 업체에서 72종의 진단키트가 수출 허가를 받았다(〈연합뉴스〉 2020년 5월 21일자, 'K-진단키트 전 세계서 러브콜' 참고).

'매도 먼저 맞는 게 낫다'라는 말이 있는데 국가적 위기 사태에도 적용 가능한 말이다. 다만 매를 맞고 빨리 정신을 차려 다음을 준비할 줄 아는 나라만이 선진국 반열에 오를 수 있다. 대한민국의 초기 방역을 놓고 해외 언론들이 '선진적'이라고 평가한 것은 우리가 너무 늦지 않게 정신을 차렸기 때문일 것이다.

#43
할머니의 욕지기 한 마디

부산에 가면 나는 꼭 돼지국밥을 먹는다. 회나 꼼장어, 밀면은 생략하더라도 이 돼지국밥만큼은 한 그릇 먹고 와야 부산에 다녀온 맛이 난다. 음식은 곧 그 지역의 서정이다. 내게 부산의 정서는 돼지국밥으로 대변되는 셈이다.

2020년 10월 초, 볼일이 있어 잠시 부산을 다녀오던 길에도 어김없이 돼지국밥집에 들렀다. 전에 몇 번 간 적이 있는 시장통의 국밥집이었는데, 그날따라 손님이라고는 나 하나밖에 없었다. 손님이 없는 뻔한 이유를 충분히 짐작하고는 있지만 나는 짐짓 모르는 척 너스레를 떨어보았다.

"아니 왜 이렇게 사람이 없어요?"

식사를 마치고 가벼운 인사치레로 건넨 말이었건만 주인할머니는 순간 '분노의 텐션'을 끌어올렸다.

"씨○○, 코로나 때문이지예!! ○○○, △△△ 글마들만 아니었어도 벌써 나아짔을낀데!"

○○○과 △△△, 그들만 아니었다면 정말로 나아졌을지는 모르겠지만 나는 할머니의 아우라에 눌려 조용히 카드를 긁고 총총 물러났다. 땅이 꺼질 듯한 할머니의 한숨소리가 돼지비계의 콜라겐처럼 끈적하게 따라붙었다.

'아. 저 집 문 닫으면 안 되는데…… 다음에 또 와야 하는데……'

내 입에서도 한숨이 절로 새어나왔다.

곧 다가올 10월 마지막 주말이 '할로윈데이'라고 한다. '할로윈'이 아니고 '핼러윈'이 맞는 표현이라지만 이나 저나 어차피 우리 것 아니긴 마찬가지.

할로윈이든 핼러윈이든, 바람이 있다면 부디 '헬hell러윈'이나 되지 않았으면 좋겠다. 우리는 이태원 사태 등을 겪은 바 있기 때문에 이런 이벤트가 닥치면 응당 걱정부터 앞선다. 다들 '자라' 보고 놀란 가슴이니 어쩔 수 없는 노릇이다.

모여서 놀고 싶은 청춘들의 혈기를 이해 못 할 바는 아니다. 막는다고 막아지지도 않는다는 걸 선험으로 알고 있다. 따지고 보면 기성세대도 딱히 할 말은 없어 보인다. 오늘 아침 내가 진행하는 뉴스에서는 '골프 모임'발 집단감염 소식을 전해야 했다. 무려 30명이 '모여 놀다' 감염되고 말았다.

기성세대는 그런 사달을 내면서 무조건 청년들에게만 모이는 책임을 물을 순 없는 법. 이태원은 안 되고 골프 모임은 된다? 핼러윈 파티는 안 괜찮고 단체 산행은 괜찮다? 그건 논리적으로 맞지 않는 소리이다.

다만 나는 그 국밥집 할머니의 걸걸한 욕지기에서 '○○○, △△△' 다음에 무언가 더 추가되지만은 말았으면 하는 바람을 갖고 있다. 빈칸을 추가로 채울 주인공이 청년세대이든 기성세대이든 간에 제발이지 더 이상은 그런 일이 없었으면 좋겠다. 욕먹을 대상이 추가되어 괴로운

건 사실 욕 듣는 쪽이 아니라 욕을 하는 쪽 아니겠는가.

○○○이나 △△△이나, 그들의 미안함과 고충이 어느 정도일지는 몰라도, 적어도 국밥집 할머니의 '욕지기'가 사실은 절박한 '비명'이었다는 것만큼은 확실하다.

#44
괴물은 되지 맙시다

전에 살던 아파트에서 이런 일이 있었다. 귀갓길에 마트에서 물건을 사오느라 손에 박스를 든 채 엘리베이터를 탔는데 동승한 이웃 아주머니가 이렇게 말하는 것이었다.

"아유. 택배는 이 엘리베이터 타면 안 되는데……"

나를 택배기사로 오인했나 본데 문제는 그게 아니었다 (뭘로 보든 어쩌랴). 문제는, 택배기사가 입주민과 같은 엘리베이터를 타면 안 된다고 생각하는 그 발상 자체였다.

당시 그 아파트는 매 라인마다 메인 엘리베이터가 두 대씩 설치되어 있어 누가 타든 이용 여력이 충분했다. 다만 별도의 화물 전용(주로 이사나 공사용) 엘리베이터가 비상계단 쪽에 숨어 있었는데 택배기사는 그 화물용만 타야 한다는 게 아주머니의 주장이었던 것 같다.

나는 한마디해주고 싶었지만 괜히 이웃끼리 얼굴 붉히게 될까 봐 참았다. 그저 "저도 입주민입니다"라고만 짧게 말하고 더 이상은 말을 섞지 않았다.

그로부터 여러 해가 지나 2020년 가을, 유튜브에서 우연히 직업 관련 인터뷰 콘텐츠를 보는데 어느 음식 배달 라이더가 나와 비슷한 이야기를 하였다. 그는 자신의 경험담을 이야기하면서 다음과 같이 울분을 토로했다.

"29층짜리 아파트에서 엘리베이터를 못 타게 하는 바람에 지하층에서 29층까지 걸어 올라간 적이 있어요."

이 믿기 힘든 황당한 사연의 경위는 이러했다.

치킨 배달을 갔던 그 라이더는 지하 주차장에 오토바이를 세우고 엘리베이터를 타려 했는데 마침 문 앞에 서 있던 한 아주머니가 이렇게 말하더라는 것이다.

"아유. 그런 거 들고 타면 (엘리베이터에) 냄새 다 배는데……."

라이더는 당황해서 말했다.

"아 네. 그렇긴 한데, 배달시킨 집이 29층이라 걸어갈 순 없어서……."

그러자 아주머니의 가시 돋친 혼잣말이 이어졌다. 말이 혼잣말이지, 실은 대놓고 들으라는 말이었을 것이다.

"아니 대체 이놈의 아파트는 왜 자꾸 이런 것들을 끌어들여? 아파트 수준 떨어지게."

그녀가 말한 '이런 것들'이란 게 치킨을 일컫는지 라이더를 일컫는지는 모르겠지만 무엇이든 모욕이긴 매한가지이다. 그래도 꾹꾹 참고 있던 라이더는 엘리베이터가 도착하자 조용히 올라타려는데 결국 아주머니로부터 제지를 당하고 만다. 라이더의 팔을 잡아끌면서 그녀가 이렇게 외쳤기 때문이다.

"타지 말라니까!"

아주머니는 자신이 그 아파트의 입주자 대표라는 말까지 굳이 덧붙여가며 갑질 효과를 극대화시켰다. 라이더는 더 이상 소란에 휘말리고 싶지 않아 일단 탑승을 포기했다고 한다.

"알았습니다. 안 탈게요."

이렇게 아주머니를 달랜 청년은 엘리베이터를 먼저 올려 보내고 다음 순서를 기다렸다. 이윽고 위로 올라갔던 승강기가 다시 내려와서 탑승하려던 찰나, 맙소사! 아주머니가 그 안에 여전히 타고 있더라는 것이다. 자기 몰래 라이더가 엘리베이터에 타는지 안 타는지를 끝까지 감시하려고 기어이 돌아온 모양이었다.

"아니, 아직 (계단으로) 안 갔네?"

그 말에 라이더 청년은 결국 두 손 두 발을 다 들고 말았다. 도저히 아주머니를 상대할 자신이 없어 그냥 포기하고 계단을 올랐다고 한다. 지하 1층부터 29층까지 30개 층의 계단을 치킨을 든 채 올라간 것이다.

인터뷰 영상을 보면서 나는 혹시 이 아주머니가 내가 살던 아파트의 그 아주머니가 아닐까, 하는 괜한 생각을 해보았다. 아파트야 전국에 셀 수 없이 많고, 이상한 사람도 한둘이 아니겠지만 그래도 나는 공연히 생각해본다.

'이 사람이 혹시 그 아주머니였다면…… 내가 살던 아파트의 그 아주머니였다면…… 그날 내가 따끔하게 한마디해서 잘못된 생각을 고쳐줬어야 하는데. 그래야 훗날 저 라이더가 당하지 않았을 텐데.'

이런 무용한 상상이야 얼마든 해볼 수 있는 거지만, 지하에서 29층까지 치킨을 들고 계단을 오르던 청년의 모멸과 설움은 도저히 상상할 수가 없었다. 순간 그 아주머니의 아파트는 어쩌면 전국에서 가장 천박한 아파트로 전락하고 있었을지 모른다. 착하게 사는 평범한 사람들의 마음만 부끄러워지는 일이다.

어느 영화 대사 중에 이런 말이 있다.

"우리, 사람 되기는 어려워도 괴물은 되지 맙시다."

그 아주머니에게 꼭 전해주고 싶은 말이다.

코로나19 사태 이후 택배 노동자들은 우리에게 얼마나 고마운 존재던가. 그들이 없었더라면 과연 우리는 일상을 제대로 영위할 수 있었을까. 배달 음식이든 택배 물건이든 전달해줄 사람이 있어야 누릴 수 있는 것. 그러니 이 언택트 시대에 배송 노동자들은 가장 공이 큰 존재들이다. 그들의 노고와 희생을 발판삼아 코로나 시대가 돌아가고 있다.

경찰청과 국토교통부가 낸 통계를 보면 2020년 1월부터 10월까지 전체 교통사고 사망자 수는 전년보다 꽤 줄어든 반면, 유독 오토바이 사망자만 증가했다. 코로나19와 직결된 현상이라고 봐야 한다. 이른바 '집콕'으로 외출이 줄고 배달 주문이 늘면서 그만큼 오토바이 이동 횟수만 두드러지게 늘었기 때문이다.

2020년 들어 10월 말까지 전체 교통사고 사망자 수는 2,587명으로 조사되었다. 전년도의 같은 기간에 비해 5.5퍼센트 감소했는데, 안타깝게도 이륜차 사망 사고는 같은 기간 기준으로 9퍼센트 증가했다. 또 통계청에 따르면 2020년 3분기 온라인 음식 쇼핑과 서비스 거래액이 전년 대비 81.7퍼센트나 급증했다고 하니, 이 두 가지 통계를 맞물리면 얼추 아귀가 맞아떨어진다. 음식 배달이 늘고 라이더들의 이동 건수가 많아지면서 사망 사고도 그만큼 는 것이다.

물론 운전 부주의나 과속 등으로 인한 책임은 본인에게 있지만, 주문 물량 자체가 너무 많이 몰린다거나 주문자의 독촉 등이 뒤따르는 경우엔 마음이 급해질 수밖에 없다.

앞서 29층까지 걸어 올라갔다는 그 라이더는, 계단을 오른 만큼 '허비한' 시간을 만회하기 위해 나머지 배달을 서두를 수밖에 없었을 것이다. 그 아주머니의 갑질은 결과적으로 배달 노동자의 생명과 안전을 모두 위협한 거나 다름없다.

장하준 케임브리지대학 경제학과 교수는 공저 《코로나 사피엔스》에서 이른바 '돌봄 경제'라는 개념을 설명한 바 있다. 그동안 우리 사회는 무조건 돈을 많이 버는 직업을 귀하게 여겨왔지만, 코로나19 사태를 계기로 인식을 바꿔야 한다는 것이다. 임금 수준을 떠나, 구석진 곳에서 이 사회를 '돌봄' 하는 노동자들에 대해 우리는 지금이라도 귀함을 깨우쳐야 한다.

#45

꺾인 날개

사람은 자기 직업을 찾고 그 분야에 정착한 이후에도 종종 다른 꿈을 꾸며 살아간다. 우리가 흔히 '동경'이라고 부르는 것들, 예컨대 과학자가 문인을 꿈꿀 수도 있고 공무원이 래퍼를 꿈꿀 수도 있는 것이다.

나에게도 그런 것들이 몇 남아 있는데 그중 하나가 파일럿이다. 커다란 비행기에 수백 명의 승객을 태우고 지구 반대편으로 날아가는 일은 얼마나 짜릿한가. 이역만리 낯선 나라를 누비면서 각 잡힌 제복으로 공항 청사를 드나드는 기장은 나뿐만 아니라 많은 이들에게 '워너비'였다.

지평선과 수평선을 가장 선명하게 볼 수 있는 사람들, 뜨는 해와 지는 노을을 가장 먼저 만나는 사람들, 게다가 연봉까지 제법 높고 휴무일도 상대적으로 많다니 파일럿이 선망의 직업으로 꼽혀온 건 자연스러운 일이다.

그러나 그것도 이제 부질없는 옛 이야기가 되어버렸다. 코로나19 때문에 해외여행이 막히자 항공사들이 문을 닫거나 대량 감원에 나섰기 때문이다. 2020년 11월 23일 아침 뉴스에는 졸지에 일자리를 잃고 생계를 찾아 나선 파일럿들의 기구한 사례가 보도되었다.

KBS 방콕 특파원이 전해온 리포트에는 '타이항공' 기장이던 마에삭 웡파 씨가 소개되었다. 그는 현재 자가용 택시 영업을 하고 있었다. 우버의 동남아 버전이라고 할 수 있는 '그랩' 기사로 일하고 있었는데, 많이 벌어야 하루 4만 원을 번다고 했다.

그가 일하던 타이항공은 지난 봄 법정관리에 들어가면서 기장들을 대량 해고했고, 웡파 씨도 그즈음인 5월에 퇴사했다. 다른 동료들도 기장 제복을 벗고 제빵사를 하거나 식당을 차렸다고 전했다.

말레이시아 '말린도 에어라인'의 아즈린 전 기장은 국수가게를 열었다. 파일럿 시절의 제복을 그대로 입고 '캡틴 코너'라는 간판을 내걸었다. 그가 다니던 항공사에서는 올해 2천2백여 명의 동료들이 해고됐는데, 아즈린은 기장으로 일한 지 꼭 20주년 되던 날에 해고 통지를 받았다고 한다.

이 뉴스가 나가기 며칠 전에도 홍콩의 '캐세이퍼시픽항공'이 직원 5,900여 명을 해고했다는 보도가 있었다. 그 밖의 다른 항공사들도 남은 직원들의 월급을 제대로 지급하지 못하거나, 본인의 일과는 무관한 전혀 다른 직종으로 재배치하는 일이 속출하였다. 2020년 한 해에만 전 세계 항공사에서 40만 명이 실직했거나 실직 위기에 놓였다고 특파원은 전했다.

어느 시절에는 누군가의 화려한 꿈이었거나 전도유망의 상징과도 같았던 직업이 졸지에 몰락의 길을 걷는 일도 생겨난 것이다. 코로나19라는 전대미문의 팬데믹이 불러온 또 하나의 반전극이 아닐 수 없다.

비행기의 날개가 접히자 파일럿들의 날개도 속수무책

으로 꺾여버렸다. 언젠가 그 날개가 다시 펼쳐져야 우리
도 일상 밖으로 날아갈 수 있다.

#46

코로나와 트로트

2020년은 그야말로 트로트 열풍의 한 해였다. 〈내일은 미스터트롯〉의 대흥행으로 각종 트로트 음악 프로그램들이 전략 편성되었고, 대부분 높은 시청률을 기록하며 성공을 거두었다. 내 어머니도 엄청난 팬이었는데, 본 걸 또 보고 모든 재방송을 마다 않으면서도 매번 즐거워하였다.

"그렇게 재미있어요? 보고 또 보고 그러시게?"

지나는 말로 여쭙자 어머니는 이렇게 답했다.

"아이고, 트로트가 없었으면 올해 어떻게 버텼나 모르겠다."

'코로나 블루'라는 말이 올해 신조어 가운데 하나이다. '블루를 넘어 블랙'이라는 자조적인 말까지 나돈다. 코로나19 때문에 우울을 호소하는 사람들이 내 주변에도 부지기수이다.

하긴 나라고 어디 예외일 수 있겠는가. 올 들어 수시로 가슴이 답답하고 불쑥불쑥 짜증이 솟는 일들이 많아졌다. 1년 가까이 이 기괴한 팬데믹이 이어지고 있는데 누군들 멀쩡할 수 있으랴.

코로나 이후 어머니 또한 항시 우울하고 답답한 심정을 호소하였는데 그나마 트로트 프로그램들을 보면서 잠깐씩이라도 기분을 달랜다는 거였다. 나름의 셀프 처방인 셈이다.

"나 진짜 우울증 걸렸을 거야. 이렇게 노래 따라 부르고 웃을 일이라도 없었으면……"

아마 내 어머니뿐만이 아닐 것이다. 2020년 트로트 열풍이 전국을 강타한 것은 온 국민의 '코로나 블루'와 결코 무관치 않았으리라 본다. 지난 추석 연휴에 KBS에서 편성한 나훈아 특집공연 〈대한민국 어게인〉이 엄청난 시청률을 기록한 것도 그런 맥락에서 해석해볼 수 있다. 지치고 우울한 우리 국민들에게 지금은 위로와 신명이 가장 절실한 시절이다.

보건복지부가 2020년 가을 내놓은 '국민정신건강 실태조사' 보고서를 보니, 국민들의 우울감 지수가 2018년 평균 2.34이던 것이 올해는 껑충 뛰어서 9월 기준 5.86, 무려 배 이상이나 높아졌다. 게다가 극단적인 선택까지 생각해본 사람의 비율은 2018년 4.7퍼센트에서 2020년 9월에는 13.8퍼센트까지, 무려 세 배 가까이 급증하였다.

관련 소식으로 KBS 뉴스에 출연한 강도태 보건복지부 2차관은 "국민들의 마음 건강에 비상등이 들어온 것"이라고 진단했다.

전홍진 삼성서울병원 정신건강의학과 교수는 인터뷰에서 "(사람이) 대인 관계를 하고 다녀야만 감정이 잘 유지되는데, 그게 없어지면 주로 자기 생각(부정적 생각)에 빠진다. 비대면으로라도 계속 만나고 연결하는 일을 유지해야 한다"고 조언했다.

"나 진짜 우울증 걸렸을 거야. 이렇게 노래 따라 부르고
웃을 일이라도 없었으면……"

#47

플렉스와
고독사 사이에서

2020년 늦가을, 겨울옷을 미리 장만하는 시기가 되자 이른바 명품 패딩 판매량이 급증하였다. 온라인 명품 커머스인 '머스트잇'이 11월 1~20일 사이에 10~50대 여성 고객들의 구매 데이터를 분석한 결과, 패딩의류 평균 구매가는 113만 원이었고, 프리미엄 패딩 판매량은 전년도 같은 기간에 비해 89퍼센트나 뛰었다. 두 배 가까이 더 팔린 것이다(《한국일보》 2020년 12월 6일자 온라인 기사 '명품 패딩에 120만원 쓰는 20대 女' 참고).

코로나19 사태 속에서도 더 비싸고 더 좋은 것을 스스로에게 선물하는 이른바 '플렉스Flex' 소비는 늘었음을 보여준다.

한국방송광고진흥공사(코바코)의 '2020년 소비자행태조사' 설문 결과를 보면, 스트레스 해소와 자기만족을 위한 플렉스 소비를 39퍼센트가 '긍정'적으로 보고 있었고 '보통'으로 본다는 중립 답변이 35퍼센트, '부정'적이라는 시각은 20퍼센트대로 가장 낮게 나왔다.

지난봄 당초 코로나19가 급속 확산할 때만 해도 업계에서는 명품 시장 또한 타격을 입을 것으로 예상했다. 그러나 뚜껑을 열어보니 결과는 정반대였다.

신문에 따르면 루이비통과 디올 등을 거느린 프랑스 기업 '루이뷔통 모에헤네시LVMH' 그룹은 2020년 3분기 매출액이 전년 동기 대비 12퍼센트 증가하면서 깜짝 실적을 달성했다.

에르메스도 3분기 매출액이 지난해 같은 기간에 비해 6.9퍼센트가 오히려 증가한 것으로 나타났다. 코바코 측은 "코로나19로 억눌렸던 소비 보상 심리가 한꺼번에 분출되면서 소비 폭발로 이어진 것과 다르지 않다"고 설명했다.

항간에 '보복 소비'라는 표현이 있는데 아마도 이와 같은 맥락일 것이다. 코로나19 때문에 일상생활과 경제활동에 각종 제약이 가해지자, 그에 대한 반발심리가 마치 보복을 하듯 과감한 소비로 이어지고 있다.

올해 코로나19가 낳은 여러 진풍경 가운데 보디빌더들의 유튜브 '먹방'도 눈에 띄었다. 평소 철저한 식단관리로 유명한 보디빌더나 헬스 트레이너들은 우리가 흔히 먹는 고열량, 고지방 음식들은 거들떠도 보지 않는 경우가 많다. 하지만 코로나19 사태로 체육관 문을 닫는 등 일거리가 사라지자 이참에 못 먹던 음식이나 실컷 먹어보자며 아예 '먹방'에 나선 것이다. 말하자면 발상의 전환이었던 셈인데 결과는 대박이었다.

각종 배달음식을 시켜서 자제할 필요 없이 먹어치우는 근육질 트레이너를 보며 대중들은 대리만족하고 즐거워했다. 이 또한 하나의 '플렉스'였다. 전염병에 억눌린 심리를 먹는 것으로, 혹은 먹는 모습을 보는 것으로 달랬던 것이다.

도무지 행복할 일이 희박한 시절에, 각자의 형편 범위

내에서 입을 것이든 먹을 것이든 최대한 누리겠다는 플렉스 심리는 충분히 이해 가능한 일이다. 명품이든 음식이든, 자기 살림 사정에 맞춰 적극적으로 소비하는 일은 전혀 빈축을 살 일이 아니다. 오히려 소비할 사람이 돈을 써줘야 경제가 돌아가고 사회도 원활히 굴러가는 법이다.

다만 우리가 잊지 말아야 할 것은, 옷도 먹을거리도 도저히 플렉스 할 여력이 없어 이 답답한 시절을 맨몸으로 견디고 있는 소외계층이 많다는 사실이다. 플렉스는커녕 일자리가 사라지고 소득이 줄어든 가운데 나눔과 구호의 손길마저 끊겨가니, 당장의 삶이 막막해진 사람들이 많아졌다.

2020년 11월 20일 발표된 통계청 '가계동향조사'를 보면 지난 3분기 국내 소득계층 가운데 하위 20퍼센트(1분위) 가구만 유일하게 살림 '적자'를 기록한 것으로 나타났다. 그 위 계층들은 저마다 조금씩 형편이 나아졌는데, 경제적으로 맨 아래 위치한 계층만 '나 홀로' 악화된 셈이다.

구체적 수치로 보면, 2020년 3분기 기준 1분위(최하층) 가구는 월평균 24만 4천 원의 적자를 기록하고 있었다. 1부터 5분위까지 전체 계층군 가운데 유일한 적자이다. 2분위는 오히려 53만 4천 원, 3분위는 102만 6천 원, 4분위는 179만 2천 원씩 흑자를 봤다. 상위 20퍼센트인 5분위는 평균 347만 2천 원을 더 벌어들였다(이 액수는 가

구별 '처분가능소득'에서 '소비지출' 액수를 빼 산정한 수치이다. 다시 말해 '쓸 수 있는' 돈에서 '실제 쓴 돈'을 뺀 액수이다. 이것이 마이너스로 나온다는 것은 결국 소득이 지출을 감당하지 못하고 있다는 이야기이다).

이렇듯 유독 1분위 계층만 적자 신세가 된 건 무엇보다 일터에서 버는 근로소득이 전 기간에 비해 10.7퍼센트나 줄었다는 점 그리고 장사로 버는 사업소득도 8.1퍼센트 줄었다는 점에서 원인을 찾아야 할 것이다. 물론 코로나19의 영향이다. 이 야속한 전염병은 양극화와 빈부 격차마저도 가속화시키고 있었다.

역병이 앞당기고 있는 또 하나의 사회 변화상은 비대면(언택트)의 확산이다. 그런데 이 현상 또한 사회적으로 소외된 계층을 더욱더 소외시킬 소지가 있다. 경제적 상위층보다 관심과 도움의 손길이 더 절실한 계층은 사람 간 접촉 자체가 사라져가니 그만큼 더 소외되고 방치될 확률이 높아졌다.

얼마 전에는 이런 비극이 있었다. 2020년 12월 3일 서울 방배동의 한 다세대주택에서 숨진 지 5개월 지난 여성이 발견되었다. 사인은 지병이나 영양실조 등으로 추정된다.

그녀가 살던 집은 건강보험료가 10년 넘게 밀려 있었고 전기와 수도요금도 장기간 연체됐다는데, 숨진 뒤 다섯 달 동안 어느 이웃, 어느 기관에서도 이상한 낌새를 포착하지 못했다. 코로나로 인해 대면 접촉 자체가 없었기 때문이다.

관련 뉴스 인터뷰에서 인근의 한 주민은 시신이 나온 집을 가리켜 "거기 아무도 안 살았어요"라고 말하기까지 했다.

사실 숨진 여성에게는 발달장애를 가진 아들이 있었는데 그는 어머니가 숨지자 놀란 마음에 집을 나가버렸다. 이후 노숙생활을 하다 사회복지사를 만나 집안 사정을 털어놓았고, 경찰을 대동한 복지사가 그 집을 찾아가 본 뒤에야 시신이 비로소 발견되었다. 사망 뒤 5개월만의 '첫 손님(방문자)'을 통해 참상이 드러난 것이다.

그 다섯 달 동안 현관 앞으로 각종 고지서와 택배, 심지어 구청에서 보낸 코로나 마스크까지 박스째 쌓여갔다는데, 아무도 그 집 안 사정을 들여다보거나 궁금해하지 않았다.

#48
그로부터 1년

트위터가 발표한 2020년 최다 해시태그 단어는 '코로나19'였다. 앞서 2017, 2018, 2019년의 해시태그 1위는 'BTS'였다. 생사의 문제는 다른 모든 가치를 압도하는 법이다.

영국 '옥스퍼드 랭귀지' 사는 해마다 '올해의 단어'를 선정 발표한다. 예컨대 2013년의 단어는 '셀피(Selfie, 이른바 셀카)'였고, 2016년에는 '탈 진실Post-truth', 2019년엔 '기후비상climate emergency'이 그 해를 대표하는 단어였다.

하지만 2020년의 경우에 옥스퍼드 측은 선정 자체를 포기했다. "올해의 단어를 꼽을 수 없다"는 게 최종 발표였다. 너무나도 파란만장했고 다사다난했던 한 해였기에 하나의 말로 축약할 수 없다는 것이 공식적으로 알려온 사유이다.

그러나 사실, 하나의 말을 굳이 꼽아야 한다면 그것은 단연 '코로나19' 또는 '팬데믹' 혹은 '바이러스'일 것이다. 옥스퍼드는 그런 단어를 한 해의 상징어로 꼽느니 아예 공란으로 남겨두는 게 나을 거라는 판단을 내렸을지도 모른다.

그런 맥락에서인지 옥스퍼드는 '올해의 단어'를 생략하는 대신 '전례 없는 올해의 단어들Words of an Unprecedented Year'이라는 별도의 보고서를 발표했다. 거기에는 '봉쇄Lockdown' '사회적 거리두기Social Distancing' '재개방Reopening' 등의 단어가 등재되었다. 평소에는 잘 쓰지도 않던 이런 단어들이 우리 일상을 지배했다는 설명과 함께 말이다.

코로나19는 우리의 일상을 송두리째 바꾸어놓았다. 일상뿐 아니라 모든 특별한 날, 기념해야 할 날들이 모조리 빛이 바랬다.

2020년 연말 또한 얼마나 전례 없이 음울하였는가. 방송사들은 해마다 성탄절이면 명동으로 중계차를 내보내 연말 특유의 축제 분위기를 달궜다. 들뜬 인파 속에 울려 퍼지는 크리스마스 캐럴, 얼어붙은 마음을 녹여주는 구세군 종소리, 가까이 붙어서 온기를 나누며 걷던 사람들…… 생각할수록 그립고 좋은 시절이었다.

실속도 없이 설레던 크리스마스를 지나, 12월 31일 밤이 되면 또 보신각이 출렁였다. 사람의 물결로, 그 물결 위로 넘실대던 희망으로…… 그렇게 카운트다운은 시작되었다. 10, 9, 8, 7, 6, 5…… 마침내 새 출발을 알리는 숫자가 방송 화면을 가득 채우면, 축복의 불꽃이 성대하게 터지고 사람들은 서로를 끌어안았다.

거리를 두기는커녕 가장 '좁히는' 시기가 바로 이맘때였다. 매년 마지막 밤이면 하늘에는 화려한 폭죽이, 어둔 방에는 따뜻한 촛불이 사위를 환하게 밝혀주었다. 1년 전 이 날에도 마찬가지로 우리는 2020년 밝아올 새해가 그렇게 빛으로 가득할 줄 알았다. 변함없이, 우리는 그렇게만 믿고 있었다.

얼마 전 '틱톡'이라는 플랫폼에, 내가 등장한 짤막한 방송 영상 하나가 돈다며 중학생 딸이 보내주었다. 2020년 1월 1일 아침에 내가 진행했던 아침뉴스의 시작 부분이었다.

동영상 속에서 나는 '희망과 기대 가득한 2020 첫 순간들'이라는 뉴스 리포트를 소개하고 있었다. 앵커 멘트 다음에 이어진 화면에는 '도약의 2020'이라는 자막과 함께 제야의 종 카운트다운 영상이 펼쳐졌다. 틱톡 편집 과정에서 추가로 입혀진 BGM에는 '처음부터 다시 시작한다면, 행복한 결말의 이야기가 될까?'라는 노랫말이 흐르고 있었다. 무참했다.

3차 대유행으로 코로나19 확진자가 쏟아지던 지난 몇 달간, 이 영상을 돌려보면서 사람들은 무슨 생각을 했을까? 결과적으로 허망해져 버린 장밋빛 이야기들......

만일 노래 가사처럼 1년 전으로 시간을 되돌릴 수 있다면 나는 앵커 멘트를 바꿔야 할까? 올해는 희망 대신 절망이 닥칠 거라고, 유례없이 고통스러운 싸움을 하게 될 거라고, 사실대로 예고해야 할까?

부질없는 몽상일 뿐이다. 가버린 시간은 돌아오지 않는다. 상상이 유효한 것은 오직 미래일 뿐이다.

"모두 이겨냈다! 해냈다!"

"우리가 그걸 이겨냈다!"

2021년 12월 31일에는 부디 이 말을 주고받을 수 있으면 좋겠다. 그렇게 되리라고 굳게 믿어본다. 세상 모든 터널에는 끝이 있는 법이니까. 어둠 다음에는 반드시 빛이 오는 것이 순리이니까. 그렇게 믿지 않는다면, 우리가 이 현실을 어찌 버티겠는가.

2020년의 마지막 날, 나의 '뉴스광장' 오프닝 멘트는 다음과 같았다.

"시청자 여러분, 올 한 해 모두들 애 많이 쓰셨습니다. 2020년, 어느덧 마지막 날을 맞게 됐습니다. 코로나19 기세가 여전히 매서운 가운데 곳곳에는 지금 눈이 내리고 있습니다. 이 눈이 어두웠던 지난 1년의 기억들을 깨끗이 덮어버리고 새로운 한 해를 열었으면 하는 바람을 가져봅니다."

세상 모든 터널에는 끝이 있는 법이니까. 어둠 다음에는
반드시 빛이 오는 것이 순리이니까. 그렇게 믿지 않는다
면, 우리가 이 현실을 어찌 버티겠는가.

#49

남겨진 이야기들

겨울잠 자는 동물을 보면 부러울 때가 있다. 때가 되면 모든 활동을 접고 완벽한 휴식으로 들어간다니 얼마나 편리하고 효율적인 생존 시스템인가. 동시에 그것은 숭고해 보이기도 한다. 멈출 때를 알고 스스로 침잠한다는 것…… 우리 인간이 잘 하지 못하는 행동이다.

나는 개구리들의, 다람쥐들의, 곰과 뱀의 그 결연함 앞에 때로는 숙연해지기까지 한다. 더불어 우리 인간도 그랬으면 좋겠다는 상상을 해본다.

여담이지만, 2020년 말 발간된 프랑스 학술지 〈인류학 L'Anthropologie〉 제124권 5호를 보면, 초기 인류도 동물처럼 겨울을 나기 위해 동면했을 가능성이 있다는 연구 결과가 실려 있다. 스페인 북부의 한 동굴에서 발견된 고대 인간 화석을 분석한 결과, 해마다 몇 달씩 뼈 성장이 느려진 흔적을 발견했다는 것이다.

연구진은 그것이 겨울철 동면 때문일 수 있다는 가설을 제기했다. 40~50만 년 전 인류의 뼈 화석과, 겨울잠으로 유명한 곰의 뼈 화석이 유사한 패턴을 보인 것도 그 단서가 되었다. 연구진은 인류가 추위와 식량 문제를 피하기 위해 스스로 대사를 늦추고 동면에 들어갔을 가능성이 있다고 분석했다.

정말이지 인간이 동물과 마찬가지로 동면을 하는 존재였더라면 얼마나 좋을까. 매년 겨울 석 달의 시간 동안 '닥치고' 모든 인간이 잠드는 것이다. 뱀이 땅을 파고 들어가듯, 개구리가 물 밑으로 가라앉듯, 저마다 존재의 심연으로 가라앉아 조용히 침묵하는 것이다. 그리고 그 사이에 지구는 좀 쉬어간다.

지구 위의 다른 모든 동식물도 함께 쉬게 된다. 그들은 굳이 겨울잠을 자지 않아도, 인간이 없는 곳에서 인간의 부재로 인해 오롯이 세상의 주인이 될 수 있다. 인간이 만든 파괴와 오염과 사냥과 훼손의 위협에서 벗어나 마치 에덴동산처럼, 자유롭게 석 달을 푹 쉬는 것이다.

그 기간에는 인간이 지은 공장도 멈추고 자동차도 멈추고 나쁜 공기와 나쁜 물도 생성을 멈춘다. 오직 깨끗한 순환 시스템만이 가동하리라. 그렇게 완벽하게 정화되는 지구, 잠시라도 숨을 돌리는 지구…… 상상만 해도 벅차오른다. 그 위에서 일체의 동식물은 태곳적 생태계로 돌아갈 것이다. '스스로 그러하다'는 의미를 지닌 자연自然의 본래성 그대로.

그것은 인류에게도 좋은 일이다. 인간이 겨울잠에 빠진 석 달의 시간 동안, 전쟁도 멈추고 기근도 멈추고 모든 경쟁과 노동, 착취도 멈춘다. 확실하게 쉴 수 있다. 그럼으로써 치유와 회복, 재생의 기회가 보너스처럼 주어질 것이다. 인간은 그렇게 해마다 석 달 동안만은 잊고 잊힘으로써, 그 힘으로 1년의 나머지 4분의 3을 살아가면 된다.

어떤가? 환상적이지 않은가? 실현될 수만 있다면 완벽

하게 효율적이고도 아름다운 이야기 아닌가. 신이 인간을 만들 때 왜 그렇게 만들지 않았나 하는 아쉬움이 들기도 한다. 그랬더라면 이 지구에서 수시로 동식물이 떼죽음을 당하고, 천연기념물이 멸종 위기를 맞고, 전염병이 창궐하는 끔찍한 사달이 줄었을 텐데.

애먼 북극곰이 쫄쫄 굶은 배로 줄줄 녹아내리는 유빙에 고립되지 않아도 되고, 착한 코알라가 활활 타오르는 불 숲에 갇혀 꼼짝없이 타죽지 않아도 되고, 그랬을 텐데 말이다. 단 하나의 종, 인간만 쉬어준다면 말이다.

그런 시스템이 가동했다면 작금의 이 코로나19 사태 같은 일도 애당초 생겨나지 않았을 것이다. 코로나19는 어쩌면 지구가 앓고 있는 몸살일지도 모른다. 인간에게 너무 시달려온 지구가 '부르르' 몸을 떨며 인간이라는 바이러스를 털어내는 것 아닐까?

그렇게 생각하면 지금의 인간보다도 실은 지구가 더 불쌍해진다. 이 '인간 바이러스'의 창궐로부터 지구는 그동안 얼마나 탈출하고 싶었을까. 작금의 코로나19 바이러스로부터 우리 인간이 간절히 탈출을 바라듯이 지구도 그러했을지 모른다.

생물학과 생태학의 석학인 최재천 교수는 《코로나 사피엔스》에서 이렇게 말한다. "우리가 전례 없이 야생동물들을 건드려대기 때문"에 바이러스 문제가 심각해지고 있다고 말이다. 코로나 바이러스 또한 박쥐가 우리 인간에게 일부러 배달한 게 아니라, 우리가 먼저 박쥐를 건드리는 바람에 옮아온 거라고…… 결국 문제는 인간에게 있다는 이야기이다.

전염병이라는 건 사실 인간의 주거문화 역사와도 무관치 않다. 이 문제를 심층적으로 이해하고 싶다면 재레드 다이아몬드의 명저 《총, 균, 쇠》를 참고하면 된다. 이 책은 우선, 인류 역사에서 수많은 인명을 앗아간 천연두, 인플루엔자, 결핵, 말라리아, 페스트 등이 모두 동물의 질병에서 진화된 전염병이라는 점을 강조한다.

인간이 만든 농업의 발달과 더불어 수인성 전염병이 본격 발현되어 옮아왔는데, 그 과정에서 크게 두 가지 매개 요인이 작용했다고 한다. 하나는, 농업 생활이 수렵·채집 생활보다 인구밀도를 더 높였다는 점이다. 인구밀도가 높아졌다는 것은 그만큼 감염 위험도가 높아짐을 의미한다.

다른 하나는, 농경사회 특유의 생활 방식이 바이러스 전파를 더 용이하게 만들었다는 것이다. 예컨대 농경민들은 자신들의 분변을 비료로 삼아 토양에 뿌리고 경작 과정에서 그 흙을 수시로 접촉하는데, 그러다보면 아무래도 흙 속 세균이나 바이러스, 기생충 들이 옮겨질 가능성도 높아진다.

동시에 그 농경지를 베이스캠프 삼아, 인간의 주거지를 오가는 곤충과 설치류 등도 병균을 인간에게 수시로 전달하게 된다. 농경민들이 숲을 베어내고 만든 개간지들은 말라리아를 퍼뜨리는 모기에게 '이상적인 번식지'가 되었을 거라고 재레드 다이아몬드 교수는 말한다.

그뿐만 아니다. 농경 발달의 뒤를 이은 도시의 발달은 세균의 입장에서 보면 더 큰 '행운'이었다. 도시화는 필연적으로 인구밀도를 높이고 병균의 전파를 가속화시킨다. 나아가 국제 교역까지 발달하면서 병균은 바야흐로 글로벌 시대를 맞게 된다. 도시 대 도시, 도시 대 농촌 간의 교류뿐 아니라, 국가 대 국가 간의 이동까지 활성화되자 바이러스들은 그야말로 '물을 만나게' 되었다.

고속의 비행기나 대형 상선을 타고 병균들은 더 빨리, 더 멀리 전파됐다. 상징적인 사례가 있다. 1991년 아르헨티나 여객기 한 대가 페루를 거쳐 미국 로스앤젤레스로 운항한 일이 있는데, 중간 기착지인 페루 수도 리마에서 콜레라 감염자 수십 명이 탑승하는 바람에 4천8백 킬로미터나 떨어진 로스앤젤레스까지 단 몇 시간 만에 콜레라가 대량 전파되고 말았다.

따지고 보면 지금의 코로나19 바이러스도 그런 식으로 번졌을 것이다. 중국 우한에서 처음 출연한 바이러스가 어떻게 삽시간에 세계로 번졌겠는가. 바로 인간 스스로의 활발한 이동, 자유로운 교역 속에 바이러스는 '활기차게' 제 살 길을 찾았던 것이다.

정리하자면, 인류는 농경에서 도시화로, 도시화에서

국제무역으로, 거기다 근래엔 해외여행까지 활발해지면서 더 많은 이동, 더 빠른 교류 속에 수시로 병균을 공유해왔다.

결국 '움직임'이 주범이었다. 너무 많이 움직인 것이 기폭제가 되어 우리 스스로의 명줄을 쥔 것이나 다름없다. 코로나 바이러스는 어쩌면 '그만 좀 움직이고 쉬라'는 의미로 자연이 인간에게 안긴 강제 멈춤일지도 모른다.

이제 이 사태가 끝나고 나면 지구는 조금이라도 치유가 되어 있을까? 공장이 멈춘 기간에 새삼 맑아졌다는 공기가 다만 얼마간이라도 지구의 허파에 신선한 숨을 불어넣었을까? 인간이 이동을 멈추고 거리두기를 하는 동안 덜 밟힌 땅과 숲이 다만 얼마만이라도 회생의 에너지를 보충했을까? 정말이지, 인간은 지구에게 '유익균'이 될 수는 없는 것일까?

우리는 이제라도 공생을 생각해야 한다. 인간끼리의 공생뿐 아니라 인간과 자연, 인간과 지구의 공생 말이다. 코로나 바이러스를 극복하고 나면 모든 것이 끝났다고 그저 환호만 할 게 아니라, 우리가 왜 생사의 문턱을 넘나들었는지, 우리에게 왜 그런 시련이 닥쳤던 건지, 우리 안에서 그 해답을 찾고 방비책을 마련해야 한다. 안 그러면 제2 제3의 코로나 바이러스는 또 찾아올 것이다.

나오며

2019년 말, 코로나19 사태가 터지기 직전에 나의 아
버지는 요양병원에 입원하였고 끝내 살아서 그곳을 나
오지 못하였다. 아버지는 2021년 6월 10일, 입원한 지
'567일' 되던 날에 마지막 숨을 거두고서야 비로소 병원
문을 나설 수 있었다. 그렇게 퇴원일은 기일이 되고 말
았다.

아버지가 입원해 있던 567일 가운데 3분의 2는 가족
과의 만남조차 차단되었다. 코로나19 때문에 면회는 전
면 금지되었고 아버지는 쓸쓸히 그 시간을 견디었을 것
이다. 역병으로 접촉이 끊겨 장시간 생이별을 해야 했던
이 땅의 모든 환자와 가족, 이웃 들에게, 같은 경험을 바
탕으로 심심한 위로를 전하고 싶었다. 그 고통, 하늘이

알고 땅이 알았을지는 몰라도 우리 모두는 조금씩 함께 나누어왔을 것이다.